Una semana de amor fingido

Andrea Laurence

HARLEQUIN™

Editado por Harlequin Ibérica.
Una división de HarperCollins Ibérica, S.A.
Núñez de Balboa, 56
28001 Madrid

I.S.B.N.: 978-84-687-8496-0
Depósito legal: M-31299-2016
Impresión en CPI (Barcelona)
Fecha impresion para Argentina: 19.6.17
Distribuidor exclusivo para España: LOGISTA
Distribuidores para México: CODIPLYRSA y Despacho Flores
Distribuidores para Argentina: Interior, DGP, S.A. Alvarado 2118.
Cap. Fed./Buenos Aires y Gran Buenos Aires, VACCARO HNOS.

Capítulo Uno

–Perdone –dijo Natalie inclinándose hacia el hombre sentado frente a ella–. ¿Podría repetírnoslo?

Gretchen se alegró de que Natalie lo hubiera dicho, ya que ella estaba muy confusa. Las cuatro socias del local para bodas Desde este Momento se hallaban sentadas a la mesa de la sala de reuniones frente a un hombre que llevaba un traje caro y que mostraba una actitud arrogante que a Gretchen no le gustaba nada. Era indudable que no era del sur de Estados Unidos; también, que estaba diciendo tonterías.

Ross Bentley parecía tan molesto con la confusión de aquellas mujeres como ellas con él.

–Ustedes anuncian Desde este Momento como un local para bodas con todos los servicios, ¿verdad?

–Sí –respondió Natalie–, pero eso se refiere a la comida, el pinchadiscos y las flores. Nunca nos han pedido que proporcionemos una acompañante a uno de los invitados. Esto es una capilla para celebrar bodas, no un servicio de señoritas de compañía.

–Deje que me explique –dijo Ross con una astuta sonrisa, que a Gretchen le inspiró una gran desconfianza–. Se trata de un asunto muy delicado, por lo que lo que se diga aquí tendrá que estar cubierto por el acuerdo de confidencialidad de la boda de Murray Evans.

Murray Evans era una estrella de la música country. En la última gira se había enamorado de su telonera, e iban a casarse por todo lo alto el fin de semana siguiente, y la boda duraría varios días. A la prensa se le hacía la boca agua. Esa clase de bodas normalmente requerían una cláusula de confidencialidad para evitar filtraciones.

A decir verdad, Gretchen estaba harta de ese tipo de bodas. El dinero le venía bien. Siempre le venía bien, ya que no tenía mucho, pero mandar miles de invitaciones escritas con una perfecta caligrafía no era muy divertido, como tampoco lo era tratar con los arrogantes invitados que acudían.

—Por supuesto —contestó Natalie.

—Represento a Julian Cooper, el actor. Es un viejo amigo del señor Evans y será su padrino. No sé si siguen ustedes las noticias sobre los famosos, pero Julian acaba de romper públicamente con la coprotagonista de *Bombs of Fury*, Bridgette Martin. A esta ya se la ha visto con otro conocido actor. Como representante de Julian, creo que no quedaría bien que acudiera a la boda solo, pero no quiere complicarse la vida con una novia de verdad. Lo único que necesitamos es una mujer que finja serlo durante la celebración de la boda. Les aseguro que no se trata de nada indecente.

Gretchen conocía a Julian Cooper. Era imposible no hacerlo, aunque no había visto ninguna de sus películas. Era el rey de las películas de acción,

4

con disparos, explosiones y unos guiones terribles. No era la clase de películas que a ella le gustaba, a pesar de ser muy popular. Parecía ridículo que necesitara una novia falsa. Sus duros y sudorosos abdominales aparecían en todas las vallas publicitarias de la ciudad.

Aunque Gretchen no apreciara su forma de actuar, no podía dejar de reconocer que tenía un cuerpo magnífico. Si un hombre como aquel, con ese aspecto, no podía conseguir una acompañante de última hora, ¿qué podía esperar ella?

—¿Qué clase de mujer desea? —preguntó con cautela Bree, la fotógrafa—. No conozco a muchas mujeres que se sientan seguras del brazo de una estrella cinematográfica.

—Es comprensible —contestó Ross—. Lo que preferiríamos es a una mujer normal. No queremos que parezca una señorita de compañía. Sería bueno para las admiradoras de Julian que lo vieran con una mujer así, ya que creerían que tienen la posibilidad de salir con él.

Gretchen soltó un bufido, y Ross le lanzó una mirada cortante.

—Estamos dispuestos a compensarla generosamente por las molestias —prosiguió—. Le pagaremos diez mil dólares por su tiempo, así como una cantidad para la ropa y el salón de belleza.

—¿Diez mil dólares? —preguntó Gretchen con voz ahogada—. ¿Bromea?

—No —respondió Ross—. Hablo en serio. ¿Pueden proporcionarme lo que les pido o no?

Natalie respiró hondo y asintió.

–Sí. Lo organizaremos para que haya alguien cuando Julian llegue a Nashville.

–Muy bien. Llegará esta noche en avión y se va a hospedar en el Hilton –Ross se sacó la cartera y extrajo un puñado de billetes que dejó en la mesa–. Esto será suficiente para la ropa y el salón de belleza. El pago completo lo haremos cuando se haya celebrado la boda.

Sin añadir nada más, se levantó y salió de la sala de reuniones. Las cuatro mujeres se quedaron perplejas y en silencio.

Por fin, Bree extendió la mano y contó el dinero.

–Ha dejado dos mil dólares. Creo que más que suficiente para comprarse un par de bonitos vestidos y peinarse y maquillarse, ¿no te parece, Amelia?

Amelia, la encargada de la comida, asintió.

–Debiera serlo, pero depende de con quién contemos. ¿A quién vamos a pedir que haga esto?

–A mí no –dijo Bree–. Estoy comprometida y, además, tengo que hacer las fotos. Y tú estás casada y embarazada.

Amelia se acarició el redondeado vientre. Acababa de cumplir veintidós semanas de embarazo y de saber que Tyler, su esposo, y ella iban a tener una niña.

–Aunque no lo estuviera, debo cocinar para quinientos invitados. Es demasiado, incluso con la ayuda de Stella.

Ambas se volvieron a mirar a Natalie, que tomaba notas frenéticamente en la tableta.

–A mí no me miréis. Soy quien organiza la boda. Tendré que estar pendiente de todo.

–Tiene que haber alguien a quien pedírselo. ¿Una amiga? –apuntó Gretchen–. Tú te has criado en Nashville, Natalie. ¿No conoces a nadie a quien no le importe ir del brazo de una estrella cinematográfica durante unos días?

–¿No podrías ser tú? –preguntó Natalie.

–¿Qué? –contestó casi gritando Gretchen a tan ridícula pregunta. Era evidente que sus socias habían perdido el juicio si creían que esa era una solución viable–. ¿Yo? ¿Con Julian Cooper?

Natalie se encogió de hombros.

–¿Por qué no? Parece que quiere a una mujer normal.

–Que no quiera a una modelo no significa que me quiera a mí. Ni siquiera soy normal. Soy baja y estoy gorda, por no mencionar que no se me da bien relacionarme con hombres. Me encierro en mí misma cuando viene el novio de Bree. ¿En serio creéis que puedo comportarme normalmente con el actor más guapo de Hollywood susurrándome al oído?

–No estás gorda –la corrigió Amelia–. Eres una mujer normal. A muchos hombres les gusta que las mujeres tengan algo a lo que agarrarse.

Gretchen puso los ojos en blanco. Le sobraban diez kilos desde que llevaba pañales. Sus dos hermanas eran espigadas y delgadas, como su madre, que había sido bailarina, pero ella, para su desgracia, había heredado los genes de su padre ruso. Usaba bragas de talla XL y su pasatiempo preferido era hacer magdalenas.

–No hablaréis en serio. Aunque fuera la última mujer sobre la faz del planeta, olvidáis que también trabajo aquí. Estaré ocupada.

–No necesariamente –contraatacó Bree–. La mayor parte de tu trabajo lo haces antes de la boda. Gretchen frunció el ceño. Bree estaba en lo cierto, aunque no quisiera reconocerlo. Hacía meses que había mandado las invitaciones. Los programas y las tarjetas con el nombre de los invitados para asignarles su sitio ya estaban hechas. Tendría que adornar el local la noche antes, pero eso no la impediría participar en la mayor parte de las actividades de la boda.

–También me ocupo de muchos detalles de última hora. No me paso los sábados sentada limándome las uñas.

–No he dicho eso –dijo Bree.

–De todos modos, es ridículo –refunfuñó Gretchen–. ¿Julian Cooper? ¡Por favor!

–Te vendría bien el dinero.

Gretchen miró a Amelia y suspiró. En efecto, estaba sin blanca. Habían acordado al montar la empresa que la mayor parte de los beneficios se dedicaría a pagar la hipoteca del local, por lo que ninguna ganaba un sueldo espectacular. A Amelia y a Bree ya no les importaba tanto, puesto que esta estaba prometida a un productor musical millonario y aquella estaba casada con otro millonario que se dedicaba al negocio de las joyas. Gretchen llegaba a fin de mes, pero no le sobraba mucho para imprevistos.

–¿Y a quién no?

—Podrías ir a Italia —apuntó Natalie.

Gretchen gimió. Ese era su talón de Aquiles. Llevaba años fantaseando con ir a Italia, desde que iba al instituto. Quería pasarse semanas allí asimilando cada detalle, cada cuadro de los pintores del Renacimiento. Era un viaje que estaba fuera de su alcance en el plano económico, a pesar de los años que llevaba intentando ahorrar.

Pero Natalie tenía razón. Con ese dinero podría reservar un billete de avión y marcharse.

Italia: Florencia, Venecia, Roma...

Desechó esos pensamientos y se enfrentó a la realidad.

—Estamos sobrecargadas de trabajo. Es verdad que el negocio baja durante las vacaciones, pero no contemplo un viaje de tres semanas a Italia en un futuro inmediato. Aunque Julian Cooper me diera un millón de dólares, no tendría tiempo para irme de viaje.

—Cerramos una semana entre Navidad y Año Nuevo. Eso cubriría una parte —dijo Natalie—. O podrías ir en primavera. Si adelantas el trabajo de las invitaciones, conseguiríamos a alguien para que adornara el local. Lo que importa es que dispongas del dinero para irte. No vas a hacer daño a nadie.

—Claro, Gretchen —antevino Bree—. Es mucho dinero, ¿a cambio de qué? ¿De colgarte del brazo de Julian Cooper y mirarlo con ojos amorosos? ¿De bailar con él en el banquete y tal vez besarlo delante de las cámaras?

Gretchen apretó los dientes para no seguir discutiendo, ya que sabía que Bree tenía razón. Lo único que tenía que hacer era seguir la corriente a Julian Cooper durante unos días y podría ir a Italia. Nunca se le presentaría otra oportunidad como aquella.

–Además –añadió Bree– ¿cómo va a estar mal fingir con una estrella cinematográfica tan sexy?

Si Ross no hubiera sido el responsable del éxito de su carrera, Julian lo hubiera estrangulado allí mismo.

–¿Una novia? ¿Falsa? ¿En serio, Ross?

–Creo que será positivo para tu imagen.

Julian dio un sorbo de su botella de agua y se apoyó en el brazo de la silla de la suite del hotel de Nashville.

–¿Te parezco tan destrozado y digno de lástima por mi ruptura con Bridgette?

–Claro que no –Ross intentó apaciguarlo–. Solo quiero asegurarme de que ella no se pase de lista con nosotros. Ya se la ha visto con Paul Watson. Si no actúas con rapidez, pronto dirán que te mueres de amor por ella.

–Me da igual. A pesar de lo que todos creen, rompí con ella hace seis meses. Y lo hicimos público porque insististe.

–No insistí yo –protestó Ross–, sino el estudio. Vuestro idilio era una gran publicidad para la película. No podían consentir que rompierais antes de que se estrenara.

–Ya, ya. Si vuelvo a mirar más de una vez a una de mis teloneras, recuérdame este momento. Pero ahora ya está hecho. He terminado con Bridgette y no estoy dispuesto a salir con otra solo para que me retraten las cámaras.

Rose alzó las manos.

–No será así, te lo prometo. Además, ya está arreglado. Ella llegará dentro de unos cinco minutos para conocerte.

–¡Ross! –gritó Julian levantándose con su alto e imponente cuerpo para intimidar a su bajito y rechoncho representante–. No puedes hacer algo así sin pedirme permiso.

–Claro que puedo. Me pagas para eso. Después, me lo agradecerás.

Julian se agarró el puente de la nariz con el índice y el pulgar.

–¿Quién es ella? ¿Una cantante de música country? ¿O te has traído a una actriz de Hollywood?

–Nada de eso. Me han dicho que es una de las empleadas del local donde se celebra la boda. Una chica normal.

–Un momento. Creí que, después de lo sucedido con aquella camarera, no querías que me relacionara con mujeres «normales». Me dijiste que constituía un riesgo mucho mayor que relacionarme con actrices con deseos de proteger su carrera y que solo debía salir con mujeres que no necesitaran mi dinero ni mi fama.

Julian llevaba los últimos años saliendo con jóvenes y arrogantes actrices aspirantes al estrellato, ante la insistencia de Ross. De pronto, ¿una chica normal estaba bien porque lo decía él?

–Lo sé, y es lo que suele pasar. Aquella camarera solo quería hablar mal de ti para sacar dinero a la prensa sensacionalista. Hay millones de mujeres como ella en Hollywood. Pero, en este caso, creo que se trata de una elección acertada. Las mujeres de Nashville son distintas, y es algo que no se esperan. A tus fans les gustará, desde luego, y también a los estudios. Llevo tiempo intentando conseguirte un verdadero papel de protagonista romántico. Con esto podrías lograrlo.

Julian no quería ser un protagonista romántico, al menos no tal y como lo concebía Ross, para quien una película romántica era la de una rubia sexy aferrada al cuerpo medio desnudo del protagonista mientras este se dedicaba a matar a los malos.

Llevaba mucho tiempo haciendo ese papel, que no le iba a proporcionar el Oscar. Le encantaría hacer una película romántica de verdad, sin explosiones ni ametralladoras ni tangas.

–Debiera despedirte por esto –se quejó mientras se dejaba caer en la silla.

Era una falsa amenaza, y los dos lo sabían. Julian le debía su carrera. Aunque no le llenaran en el plano creativo las películas de acción de gran presupuesto, le proporcionaban mucho dinero, y lo necesitaba hasta el último céntimo.

–Te prometo que todo saldrá bien. No se trata de una relación real. Dentro de unos días volverás a Hollywood y saldrás con quien quieras.

Julian lo dudaba. Desde que se había trasladado a Hollywood no le había ido muy bien con las mujeres. La camarera había vendido la historia de su idilio a los periódicos, junto con otros jugosos chismes. La bailarina solo buscaba a un tipo que le pagara un aumento de senos. Y muchas otras iban tras su dinero o su influencia para entrar en la industria del cine.

Ross le animaba a que saliera con actrices para que no sucediera lo segundo, pero, en cualquier caso, siempre había un acuerdo de confidencialidad. A pesar de su existencia, Julian había aprendido deprisa que lo privado era privado. No hablaba de su familia ni de su pasado, ni de nada que no soportara ver en la prensa. Una demanda judicial posterior no eliminaría el daño causado.

Desde su ruptura con Bridgette, no había mostrado interés alguno en salir con otra mujer. Era demasiado trabajo y, sinceramente, tampoco se divertía tanto. ¿Cómo iba a encontrar el amor cuando ni siquiera era capaz de hallar a alguien en quien confiar?

Ross se levantó y dejó su vaso en la mesita de centro.

–Bueno, eso es todo.

–¿Adónde vas?

–Me marcho.

–¿Que te marchas? ¿No me has dicho que esa mujer está a punto de llegar?

–Exacto. Por eso me marcho. Tres son multitud. Tenéis que conoceros.

Julian lo miró con la boca abierta mientras salía de la suite. Debiera haberlo estrangulado y haberse buscado otro representante.

Sin nada que hacer salvo esperar, se dedicó a

consultar el teléfono móvil en busca de llamadas perdidas o mensajes de su familia. Su madre y su hermano vivían en Louisville, y el móvil era la forma más sencilla y segura de saber de ellos, sobre todo por la situación de su hermano James. La persona que lo atendía solía tenerlo al tanto de su estado de salud. Ese día no había mensajes preocupantes.

Unos minutos después llamaron a la puerta. Miró por la mirilla, pero no vio a nadie. Confuso, abrió la puerta de la habitación y se dio cuenta de que era porque su invitada era muy menuda. Tal vez llegara al metro sesenta cuando estuviera erguida, pero no lo estaba. Además de ser menuda, tenía muchas curvas, que ocultaba con una chaqueta de punto que le estaba grande. Tenía el aspecto de una mujer normal de las que se ven por la calle. No se parecía en absoluto a lo que estaba acostumbrado a ver en Malibú.

Lo que verdaderamente le llamó la atención, sin embargo, fueron sus ojos. Su mirada oscura lo examinaba con cierto recelo. Y él se preguntó por qué. ¿Acaso no debiera ser él quien recelara de ella? Llevaba años formando parte de Hollywood y había sido testigo de la puesta en escena de muchas relaciones. Las mujeres solían ser atractivas y ambiciosas, y esperaban seducir a sus compañeros y conseguir que se enamoraran de ellas para poder aprovechar las ventajas de las leyes de propiedad comunitaria de California.

Julian esperó a que ella dijera algo, pero la mujer se limitó a quedarse allí plantada.

–Hola –dijo él, por fin, para acabar con aquel silencio–. Soy Julian, aunque probablemente ya lo sepas. ¿Eres la persona a la que envía la empresa de bodas?

–Sí –asintió ella. Al hacerlo, unos rizos castaños bailaron alrededor de su rostro redondo.

Él esperaba que ella dijera algo más, pero se limitó a seguir allí. Julian pensó que, en cualquier momento, se daría media vuelta y se marcharía corriendo por el pasillo. Estaba acostumbrado a que sus seguidoras se mostraran nerviosas en su presencia, pero no asustadizas. Estaba seguro de que Ross lo haría responsable si ella salía corriendo, después del trabajo que se había tomado en concertarle aquella cita.

Julian no quería una falsa novia. Con gusto mandaría a aquella pobre mujer de vuelta a su casa, después de haberle ofrecido una disculpa, pero Ross no habría organizado aquello sin un buen motivo. Julian le pagaba para que tomara decisiones estratégicas e inteligentes sobre su carrera, así que debía portarse como era debido y hacer lo que su representante le pedía, o le echaría una bronca.

–¿Te llamas…?

Ella pareció despertar de su aturdimiento.

–Gretchen –dijo tendiéndole la mano–. Gretchen McAlister.

Julian se la estrechó. La tenía helada y los dedos le temblaban levemente. Parecía que la aterrorizaba. Las mujeres solían reaccionar de manera mucho más afectuosa ante él. En los estrenos tenía que despegárselas del cuello y limpiarse el carmín de las mejillas. Iba a tener que animar a aquella mujer o nadie se quedaría convencido, y mucho menos la prensa, de que eran novios.

Dio un paso atrás para dejarla entrar en la habitación.

–Entra, Gretchen –cerró la puerta y le indicó que tomara asiento en el salón de la suite–. ¿Quieres tomar algo?

–Algo con alcohol facilitaría mucho las cosas –murmuró ella.

Julian esbozó una media sonrisa y se dirigió al minibar. No era mala idea para romper el hielo. Él no bebía alcohol, pero seguro que en la habitación habría algo para beber que no lo contuviera.

Le gustaría poder beber, pero hacerlo estaba en la lista de cosas prohibidas de su entrenador personal: el alcohol, el azúcar, los hidratos de carbono, los productos lácteos, los conservantes, los colorantes, los saborizantes y cualquier cosa que fuera remotamente interesante o sabrosa.

–Aquí hay una varias botellitas. Sírvete lo que gustes.

Gretchen lo miró con curiosidad mientras se acercaba al minibar y sacaba una botella que parecía tequila. Él supuso que lo mezclaría con algo, pero comprobó, sorprendido, que la abrió girando el tapón y se la bebió de varios tragos.

Debía de estar verdaderamente nerviosa.

–Me parece que a ti también te vendría bien una de estas. Tengo la impresión de que no estás muy contento con esta situación –dijo ella mirándolo de reojo. Tiró la botella vacía a la papelera y se sentó en el sofá–. Sé que lo más probable es que no reúna los criterios necesarios que exiges a una mujer para salir con ella. El señor Bentley solicitó específicamente a una mujer normal, pero supongo que no soy lo que él estaba pesando. No soy una Bridgette, como es evidente. Así que, si eso va a ser un problema, dímelo y me marcharé.

Julian no estaba consiguiendo que ella se sintiera bien recibida.

–No, no, perdona –dijo sentándose en una silla frente a ella–. Mi representante me ha informado de este arreglo unos minutos antes de que llegaras. Mi reacción no tiene nada que ver contigo ni con los requisitos de los que crees no estar a la altura.

–Entonces, ¿no estás de acuerdo con el plan del señor Bentley?

–No –contestó él. No tenía sentido dorarle la píldora–. Haré lo que tenga que hacer, pero no por decisión propia. Es muy habitual en Hollywood contratar relaciones, pero no es mi estilo. Prefiero ir a un evento solo que con una mujer a la que ni siquiera conozco. Probablemente, por eso me lo ha dicho Ross en el último momento, para que yo no tuviera tiempo de solucionarlo. Y aquí estamos, pero creo que no estoy tan bien preparado como me gustaría.

–Yo tampoco –observó ella–. ¿Se acostumbra uno alguna vez a que un amigo se convierta en tu proxeneta?

–¿En tu proxeneta? –Julian rio–. Es una forma de verlo. Bienvenida al juego de Hollywood. Todos no hemos vendido en aras del éxito. ¿Cuánto ha sido necesario para que tú lanzaras tu buen juicio por la ventana y hayas acabado en mi sofá?

Una expresión de enfado apareció en el rostro de Gretchen y le coloreó las mejillas de un atractivo rosa, aunque pudiera haber sido el tequila, que le estaba haciendo efecto. Julian estaba seguro de que ya no tendría las manos frías. Reprimió la urgencia de hallar un motivo para volver a tocarla.

–Parece que diez mil dólares por la compañía y otros dos mil para ponerme más presentable.

Julian miró a su acompañante de los días siguientes y frunció el ceño. No se necesitaban dos mil dólares para ponerla presentable, y esperaba que Ross no hubiera sido tan grosero de afirmarlo. Su representante solía ser brutalmente sincero, y tenía una serie de ideales de Hollywood poco realistas.

Aunque Gretchen no era la clase de mujer con la que se lo acostumbraba a ver en Los Ángeles, no carecía de atractivo. Tenía la piel blanca e inmaculada y los labios carnosos y rosados. Las pestañas eran tan largas y espesas que Julian creyó que eran postizas, pero no le pareció que fuera de esas mujeres que las usaban.

Supuso que a cualquiera le vendría bien un corte de pelo y hacerse la manicura. Y con el resto del dinero, podría comprarse ropa. Esa noche iba vestida como si hubiera venido directamente de trabajar, con una camisa y unos pantalones verdes, una chaqueta de punto marrón y unos mocasines; una ropa apropiada para el sur, supuso él. Le sentaba bien. De hecho, le recordaba mucho a su madre de joven, cuando la vida no le había arrancado todo lo que tenía.

Pero en lugar de elogiar a Gretchen como debiera, no lo hizo. Lo atraían su timidez e incomodidad, pero no estaba dispuesto a darle demasiada confianza. Aunque ella no formara parte de la máquina de Hollywood, lo acabaría utilizando, como todos los demás. Solo estaba allí por el dinero que iba a cobrar.

—Tendrías que haber pedido más. Ross te hubiera pagado veinte mil.

Ella se limitó a encogerse de hombros como si el dinero no le importara. Él sabía que no podía ser verdad. ¿Quién aceptaría hacer algo así de no ser porque necesitaba dinero? Él era millonario, pero no despreciaría un buen sueldo. Siempre había algo que podía hacer con el dinero, incluso meterlo en el banco.

Sin embargo, dudaba de que ese fuera el caso de ella. Era indudable que no había accedido a hacer aquello porque fuera seguidora suya. Le faltaba esa mirada brillante que estaba acostumbrado a ver en las mujeres.

Ella le había lanzado una mirada apreciativa, pero reservada. Tuvo la impresión de que tenía muchas cosas en la cabeza que no iba a contarle. No debiera importarle, ya que solo formaría parte de su vida de forma pasajera durante esa semana, pero no pudo evitar preguntarse qué había debajo de aquella mata de cabello rizado.

—Bueno, ya que ha quedado claro que me han timado, ¿tenemos que especificar detalles?

«Sí», pensó Julian. Lo mejor era atenerse a la logística del plan.

—He venido unos días antes de la boda para estar con Murray, por lo que tendrás tiempo de comprar ropa e ir al salón de belleza. El primer evento de la boda es el miércoles por la noche: una barbacoa en casa de Murray. Esa será la primera vez que apareceremos juntos. No estaría mal que nos viéramos el miércoles por la tarde para ensayar nuestra historia, por si alguien hace preguntas.

Gretchen asintió.

—De acuerdo. Le pediré a Natalie, nuestra organizadora de bodas, los horarios de los distintos eventos. ¿Quieres algo en especial?

Julian enarcó las cejas.

—¿Como qué?

Ella se encogió de hombros.

—Es la primera vez que hago una cosa así, pero he pensado que tal vez prefieras que me vista de un color determinado, o que no te gusten las uñas postizas… Esas cosas.

Era la primera vez que una mujer le hacía semejantes preguntas. A pesar de que estaba rodeado de gente que le decía que estaba allí para lo que él quisiera, rara vez le preguntaba o se preocupaba de lo que verdaderamente deseaba. Durante unos segundos tuvo que pensar en qué responderle a Gretchen.

—Solo tengo que pedirte una cosa.

—¿El qué?

—Que te pongas un calzado cómodo. No sé la cantidad de eventos a los que he acudido en los que las mujeres no hacían sino quejarse toda la noche de sus caros, bonitos y dolorosos zapatos.

Gretchen se miró los prácticos y cómodos mocasines marrones que llevaba puestos.

–No creo que eso sea un problema. Bueno, me marcho –se levantó del sofá y le tendió una tarjeta.

Él la tomó y vio que era su tarjeta de negocios. El dibujo era complicado, pero delicado. El texto estaba escrito en rosa y los bordes adornados con rosas.

–Puedes localizarme en el teléfono del local durante el día o en el móvil el resto del tiempo. Si todo va bien, nos veremos el miércoles por la tarde, antes de la barbacoa.

Julian le estrechó la mano. La tenía más caliente, y se percató de la suavidad de su piel. Tragó saliva al sentir un cosquilleo en la palma cuando sus manos se tocaron. La miró a los ojos y observó que los abría más, sorprendida, antes de retirar la mano.

–Gracias por hacer esto, Gretchen –dijo él para ocultar su inesperada reacción física ante su contacto–. Hasta dentro de unos días.

Ella asintió, se mordió el labio inferior y se dirigió a la puerta. Cuando ella hubo salido, Julian echó el cerrojo a la puerta y se volvió a contemplar la habitación. De pronto, le pareció más vacía y fría que cuando ella estaba allí.

Tal vez aquel arreglo no fuera tan malo como había creído.

Capítulo Dos

Amelia había concertado citas para Gretchen en el salón de belleza con el que trabajaban, donde estuvieron encantados de atenderla.

Gretchen esperaba que la peinaran y le hicieran la manicura; tal vez que le hicieran una limpieza de cutis. En lugar de eso, la depilaron prácticamente todo el cuerpo, le cortaron el cabello, le dieron mechas y le dejaron una melena lisa. Le hicieron una limpieza de piel, le abrieron todos los poros y la envolvieron como una momia para eliminar toxinas y reducir la celulitis. Para terminar, la rociaron con una capa de bronceado. Le hicieron la pedicura y la manicura. Incluso le blanquearon los dientes.

Por suerte, Gretchen no tenía el ego muy desarrollado porque, en caso contrario, se lo hubieran destruido. Llevaba ya siete horas de cuidados y creía que probablemente hubieran acabado ya. Cada vez que alguien entraba, la llevaba a otra sala y la sometían a otro tratamiento. Sin embargo, no se le ocurría qué más podrían hacerle.

Esa vez, fue Amelia la que entró.

Si las partes femeninas de Gretchen no hubieran estado aún muy sensibles, se hubiera levantado de un salto y hubiera pegado a su amiga con una almohada de aromaterapia por haberla hecho pasar por todo aquello. En lugar de eso, se limitó a dar un sorbo a su infusión de pepino y a fulminarla con la mirada.

–¡Qué aspecto tan fresco tienes! –exclamó Amelia.

–¿Fresco? –Gretchen negó con la cabeza–. Era justamente lo que buscaba después de siete horas de rituales de belleza. ¡La nueva acompañante de Julian Cooper tiene un aspecto de lo más descansado!

–Vale ya. Tienes un aspecto estupendo.

Gretchen lo dudaba. Seguro que su aspecto habría mejorado, pero decir que era «estupendo» era una exageración.

–Debiera tenerlo, después de todo esto –afirmó con humor–. Si las mujeres de Hollywood tienen que pasar por ello continuamente, me alegro de vivir en Nashville.

–No es para tanto –Amelia dijo en tono de reproche–. A mí también me han aplicado todos y cada uno de esos tratamientos. Pero ahora viene lo divertido.

–¿La comida? –Gretchen se animó.

Amelia se llevó la mano a su redondeado vientre.

–No, las compras. Se suponía que la comida estaba incluida en el paquete.

–Me dieron algo –la ensalada verde con vinagreta de cítricos y las frambuesas de postre no le habían quitado el apetito.

–Si me prometes no darme la lata mientras vamos de compras, te invito a cenar a un buen restaurante.

–De acuerdo.

Amelia sonrió.

–Vístete y vamos a comprar ropa y cosméticos.

–Ya tengo cosméticos –se quejó Gretchen mientras se levantaba.

–Estoy segura, pero vamos a pedir a quien nos atienda que te dé un nuevo aspecto y después compraremos los productos que haya usado.

En el vestuario de mujeres, Gretchen se volvió a poner su ropa. Todo aquello merecería la pena. «Piensa en la Capilla Sixtina», se dijo.

Continuó con el mismo mantra mientras la dependienta de los grandes almacenes la maquillaba. El mantra subió de tono cuando Amelia le lanzó la ropa por encima de la puerta del probador. A Gretchen no le interesaba la moda. Compraba prendas que fueran cómodas, no muy caras y que le sentaran bien.

Pero al volverse y mirarse en el espejo por primera vez aquel día, algo había cambiado. Seguía siendo ella, pero en su mejor versión. Las horas en el salón de belleza la habían pulido y refinado, y el maquillaje realzaba sus rasgos. Y aunque no estaba dispuesta a reconocerlo ante Amelia, la ropa le sentaba muy bien.

–Quiero verte –se quejó Amelia–. Si no sales, entro yo.

Contra su voluntad, Gretchen salió del probador con unos vaqueros muy ajustados, una camiseta de algodón y una chaqueta negra de cuero. Le quedaba bien, pero el precio que aparecía en la etiqueta la asustó.

—Solo tengo dos mil dólares, Amelia. Nos sé cuánto nos hemos fundido en el salón, pero no puedo permitirme una chaqueta de cuero de tres mil dólares.

Su amiga frunció el ceño.

—Tengo cuenta aquí. Me mandan miles de cupones. Te prometo que tendremos suficiente dinero. Necesitas esa chaqueta.

—Voy a una boda. ¿No es más importante comprar un vestido bonito?

—Sí, pero hay rebajas, por lo que conseguiremos uno a buen precio. También tienes que ir a una fiesta de bienvenida y a la cena de ensayo. Necesitas algo informal, algo formal y algo que esté entre medias, por si acaso te invitan a la merienda nupcial. Y vas a quedarte con esa ropa cuando acabe la semana, así que es importante elegir buenas prendas para tu guardarropa. Me gusta cómo te queda eso. Vamos a comprarlo.

—Son prendas demasiado estrechas —se quejó Gretchen al tiempo que tiraba de la camiseta para separársela del estómago—. Estoy gorda para llevar ropa tan ajustada.

Amelia suspiró y puso los ojos en blanco.

—Perdona, pero llevar ropa ancha te hace parecer más gorda de lo que estás. Mira los pechos que tengo. Durante años intenté disimularlos llevando jerseys anchos, pero no engañaba a nadie. Hay que alardear de lo que una tiene. La ropa ajustada te hace parecer más delgada y realza tus curvas.

Gretchen volvió a entrar en el probador. No había forma de discutir con Amelia. Se quitó la ropa que llevaba y se probó otra. Antes de acabar, se había probado una docena de conjuntos. Al final, se decidieron por un vestido cruzado estampado, un vestido de punto gris con leotardos, un vestido de noche de color púrpura y otro más formal sin tirantes que parecía haber sido pintado con acuarelas. Gretchen tuvo que reconocer que era bonito y adecuado para una artista. Al final, lo que tenía que hacer era no desentonar del brazo de Julian.

No creía que por muy cara que fuera la ropa que llevara tendría sentido verlos juntos. Julian era el hombre más guapo que había visto en su vida. Las películas no le hacían justicia. Tenía los ojos azules y largas pestañas. Su cabello castaño tenía mechones de color cobrizo que captaban la luz y brillaban. Tenía la mandíbula cuadrada, la piel morena y, cuando estaba cerca, desprendía un embriagador olor a colonia.

Y todo eso sin mencionar su cuerpo. La espalda era ancha y se estrechaba en la delgada cintura y las caderas. Cuando se habían visto, llevaba una camisa y unos vaqueros que dejaban poco a la imaginación, por lo bien que se le ajustaban. Cuando le abrió la puerta, ella perdió la capacidad de hablar y sintió una oleada de deseo que hizo que se ruborizara. Le temblaron las piernas y se alegró de llevar un calzado plano y no los zapatos de tacón que Amelia quería que se pusiera.

En resumidas cuentas, Julian era una estrella del cine. Era como un ser venido de otro planeta.

Y aunque Gretchen estaba muy bien con aquella ropa tan cara y maquillada por manos expertas, seguía siendo la chica rellenita a quien nadie sacaba a bailar en la fiesta. Y no cuadraba verla al lado de un hombre como aquel.

Los hombres siempre la habían confundido. A pesar de que llevaba años viendo a sus hermanas y amigas salir con ellos, nunca se le había dado bien relacionarse con el sexo opuesto. Su falta de seguridad en sí misma era una profecía que acarreaba su propio cumplimiento, ya que los hombres no se le acercaban. Cuando alguno lo hacía, ella no sabía flirtear y no tenía ni idea de si le estaba tirando los tejos o simplemente pretendía hablar con ella.

A su edad, la mayor parte de las mujeres habían tenido un par de relaciones importantes, estaban casadas, tenían hijos… Gretchen ni siquiera se había desnudado delante de un hombre. En las pocas ocasiones en que alguno había demostrado interés por ella, las cosas se habían torcido antes de llegar tan lejos. Su situación parecía perpetuarse, lo que la hacía estar más insegura y nerviosa a medida que pasaban los años.

Estar cerca de un hombre la inquietaba y, si era guapo, se atolondraba. Bastaba con que Julian la sonriera para que no supiera qué decir. Si no podía encontrar a un hombre normal que quisiera estar con ella, ¿cómo iba nadie a creer que una chica tan tímida e insignificante podría atraer la atención de Julian?

Era una causa perdida, pero Gretchen no podía convencer a nadie de ello.

Una hora después llevaron las bolsas al coche de Amelia y acordaron cenar en un restaurante situado a unos kilómetros del centro comercial, cerca del campo de golf.

—Me alegro de que hayamos podido salir las dos juntas —afirmó Amelia cuando entraron—. Tyler ha tenido que volverse a ir a Amberes y me siento sola en esa casa tan grande.

Tyler, el esposo de Amelia, comerciaba con joyas y piedras preciosas y viajaba por todo el mundo. En Desde este Momento habían contratado a una mujer llamada Stella para que las ayudara con el catering, por lo que Amelia acompañaba de vez en cuando a Tyler en sus viajes. Pero cuanto más avanzaba su embarazo, menos dispuesta se sentía a realizar largos vuelos, lo cual hacía que se quedara sola en la enorme mansión en la que vivían.

—Dentro de unos meses llegará tu niña y no volverás a estar sola.

—Es cierto. Y necesito que me ayudes a encontrar nombres bonitos. A Tyler se le da fatal —Amelia se aproximó al mostrador de recepción del restaurante—. Dos para cenar, por favor.

—Buenas noches, señoras.

Gretchen se volvió y vio a Murray Evans y a Julian en la entrada, detrás de ellas. Antes de que pudiera abrir la boca, este se le acercó y la abrazó, al tiempo que le sonreía con un afecto que ella no se hubiera esperado después de la incómoda primera reunión que habían tenido. La apretó con fuerza contra los duros músculos de su pecho.

Ella se quedó rígida en sus brazos y oculto su expresión de asombro en el cuello masculino mientras esperaba que la soltara. Sin embargo, Julian no parecía tener prisa. Cuando por fin se separó de ella, no la soltó, sino que bajó la cabeza y la besó en los labios. Fue un beso rápido, pero a Gretchen la recorrió un escalofrío de arriba abajo que puso en estado de alerta todos sus nervios.

Casi no entendía lo que estaba sucediendo. Julian Cooper la estaba besando. ¡A ella! ¡En público! Ni siquiera pudo disfrutarlo porque estaba alucinada.

Por fin, Julian la soltó y le susurró al oído:

—Tienes que mejorar eso.

Después, le echó el brazo por los hombros y se volvió hacia Amelia con una sonrisa encantadora.

—Qué suerte que nos hayamos encontrado. Debe de ser el destino. ¿Os importa que Murray y yo cenemos con vosotras?

—En absoluto —contestó Amelia con una sonrisa tan encantadora como la de él.

—Excelente.

Julian pidió que cambiaran la mesa para dos por una para cuatro, sin hacer caso de la expresión de asombro de la recepcionista. Estaba acostumbrado a esas reacciones cuando intentaba llevar una vida normal fuera de Hollywood. Lo que le molestó más fue que la mujer frunciera la nariz, perpleja, al mirar a Gretchen. Eso le impulsó a apretarla más contra sí y a besarle el cabello.

—¿Qué hacéis por aquí? —preguntó Gretchen tratando de separarse un poco de Julian.

—Queríamos jugar al golf —explicó Murray—.

Como vivo en Brentwood, venir aquí era lo más fácil. Además, tenemos menos probabilidades de toparnos con fotógrafos.

La recepcionista les hizo una seña para que la siguieran hasta un reservado en un rincón al fondo del restaurante. Gretchen se sentó y Julian lo hizo a su lado antes de que pudiera protestar. Aunque ella no estuviera preparada para que diera comienzo su estratagema, estaban juntos en público.

No había visto a ningún fotógrafo, pero podía haber alguno a la vuelta de la esquina. Si alguno los veía juntos, tenían que desempeñar su papel.

–¿Qué habéis hecho hoy? –preguntó Julian después de haber pedido las bebidas.

–Ir al salón de belleza y de compras –respondió Gretchen–. Julian, esta es Amelia, la encargada de la comida en Desde este Momento. También está a la última en cuestiones de moda, por lo que me ha ayudado con las compras.

Julian estrechó la mano de Amelia, pero le resultó difícil dejar de mirar a Gretchen una vez que había empezado a hacerlo. Parecía una mujer distinta de la que se había presentado en el hotel el día antes. Ni siquiera la había reconocido al entrar en el restaurante. Hasta que Murray no le indicó que eran las dueñas de la empresa de bodas, no se dio cuenta de que era ella. Los cambios eran sutiles, un refinamiento de lo que ya estaba en ella, pero el efecto general era asombroso.

Gretchen estaba radiante. El alisamiento del cabello suponía una sorprendente diferencia que le resaltaba la suave curva del rostro.

–Pues han hecho un trabajo excelente. Tienes un aspecto estupendo. Me muero de ganas de ver lo que habéis comprado para la boda.

Gretchen lo miró con recelo, como si no creyera lo que le acababa de decir. También lo había mirado así la primera vez que se habían visto. Era una mujer terriblemente suspicaz. Julian sonrió para contraatacar sus sospechas, y eso hizo que ella se sonrojara desde el cuello a las mejillas. Le pareció que toda ella se había sonrojado de pies a cabeza, lo cual era encantador después de su experiencia con mujeres que eran demasiado atrevidas para ruborizarse y demasiado conscientes de su belleza para que sus cumplidos les hicieran efecto.

Le había dicho a Ross, después del corto y tenso encuentro con Gretchen, que no creía que aquello fuera a funcionar, pero tal vez se hubiera equivocado. Lo único que debían hacer era conseguir que ella no se pusiera tan nerviosa para que su reacción física ante él fuera más adecuada. Se ponía rígida como un tronco en sus brazos, pero él sabía algunos ejercicios de relajación que la ayudarían.

Había sido una casualidad que se encontraran aquella noche, pero era mejor que trataran de resolver esos problemas allí que en uno de los eventos de la boda.

A medida que la cena transcurría, quedó claro que Julian era el que menos sabía de los presentes. Murray había visto a las dos mujeres en las diversas sesiones de organización de la boda. Julian partía de cero en lo referente a Gretchen. Ross ni siquiera le había dicho su nombre, y la primera conversación entre ambos no había sido muy reveladora. Esa semana no se iban a limitar a posar para los fotógrafos, sino que debían interactuar como una pareja, lo cual implicaba que cada uno de ellos supiera más del otro para resultar creíbles.

–Dices que Amelia se encarga de la comida. Y tú, Gretchen, ¿qué haces?

Ella le lanzó un a extraña mirada, como si no supiera describir lo que hacía para ganarse la vida.

–Gretchen es nuestra estilista visual –intervino Amelia para romper el silencio.

–No tengo ni idea de qué es eso.

–Por eso he titubeado –apuntó Gretchen–. Hago muchas cosas distintas. Diseño todos los productos de papel, como las invitaciones y los programas. Hago la caligrafía.

–Entonces, ¿has diseñado las invitaciones?

Ella sonrió abiertamente por primera vez.

–Sí, y me encantó hacerlo. Me gusta mucho incorporar algo personal de la pareja, y unas notas musicales me parecieron el toque perfecto.

–Era lo que estábamos buscando –dijo Murray.

–Las invitaciones son muy bonitas. En caso contrario, no las recordaría.

–Gracias. También me ocupo de los adornos y trabajo con varios floristas para poner flores y otros detalles en la boda y el banquete. El día de la boda me ocupo de emergencias, como dar unas puntadas al vestido de la novia, buscar al padrino cuando no aparece, ayudo a Amelia en la cocina…

–¿O hacer de sustituta de la novia del padrino del novio? –preguntó Julian riéndose.

—Eso parece —Gretchen suspiró—. Era la única que podía hacerlo.

—¿Es que esas señoras no estaban peleándose a gritos por quién me acompañaría? No sé si sentirme insultado o no.

Gretchen se encogió de hombros y le sonrió torciendo la boca, lo que le hizo pensar a Julian que tal vez debiera sentirse insultado.

—Debe de ser mejor que zurcir un roto del vestido de novia, ¿no? No es tan malo estar en mi compañía. Al menos, yo no lo creo. Soy divertido, ¿verdad, Murray?

—Por supuesto. Vas a pasártelo muy bien con él, Gretchen. Pero no dejes que se ponga a hablar de sus películas. Es insufrible.

—¿Qué les pasa a mis películas? —preguntó Julian fingiendo sentirse dolido. Aunque no hacía falta que lo preguntara. Sabía mejor que nadie que las películas que había hecho los años anteriores eran una estupidez.

Había empezado a estudiar teatro en la universidad de Kentucky, para la que había conseguido una beca gracias a su actuación como protagonista en *The Music Man*, en el instituto. Tenía la intención de obtener la licenciatura y seguir trabajando en el teatro, probablemente no en musicales, ya que no era un cantante excelente, pero le gustaba actuar.

Sin embargo, su vida se fue a pique y tuvo que dejar de estudiar. La desesperación lo llevó a actuar en anuncios, pero tuvo suerte y acabó donde se hallaba en aquel momento. No era la carrera creativa y satisfactoria con la que había soñado, pero le pagaban mucho más de lo que nunca hubiera imaginado.

Todos rieron y se dedicaron a criticar el argumento de *Bombs of Fury* mientras esperaban a que les sirvieran la comida. La conversación tocó varios temas a lo largo de la cena. Gretchen se había mantenido callada al principio, pero, después de haber hablado de su trabajo y de haberse burlado del de Julian, se animó.

Julian lo pasó bien, lo cual era raro si se tenía en cuenta que tomó salmón y brócoli al vapor mientras los demás tomaban platos más sabrosos.

Cuando hubieron acabado, salieron los cuatro juntos en dirección a los coches. Cuando llegaron al de Amelia, Julian acompañó a Gretchen a la puerta del copiloto y se inclinó hacia ella.

—Me lo he pasado muy bien.

—Sí —dijo ella observándolo con nerviosismo por estar tan cerca—. Ha sido una agradable sorpresa haberos encontrado.

—Hasta mañana por la tarde —se despidió él. Al día siguiente se celebraba la fiesta de bienvenida y era la primera vez que aparecerían oficialmente en público como pareja.

—De acuerdo. Buenas noches.

—Buenas noches.

De forma refleja, Julian se inclinó hacia ella para besarla, pero ella lo detuvo, apoyándole la mano en el pecho.

—Nadie nos mira. No tienes que fingir que deseas besarme.

Julian sonrió.

—Si algo he aprendido en los años que llevo en Los Ángeles es que siempre hay alguien mirando. Pero, aunque no fuera así, querría besarte.

—¿Por qué? —preguntó ella con el ceño fruncido mientras le escrutaba el rostro.

Julian pensó que ella no creía que despertara el deseo de que la besaran, lo cual era una pena, ya que daban ganas de besarla. Pero, en aquel momento, no estaba interesado en eso, sino en hacer creíble que eran pareja.

—Voy a besarte porque tienes que practicar. Cada vez que te toco te pones rígida. Debes relajarte. Si eso implica que debo tocarte y besarte constantemente hasta que te tranquilices, así lo haré —había tenido que hacer cosa peores.

Ella se mordió el labio inferior.

—Perdona, pero es que no estoy acostumbrada a que me toquen.

Él le agarró la mano y se la retiró del pecho, donde ella la seguía teniendo apoyada para detenerlo.

—No es tan difícil. Respira hondo, eleva el rostro hacia mí y cierra los ojos.

Ella hizo lo que le decía y se inclinó hacia él como una adolescente a la que fueran a besar por primera vez. Él apartó ese pensamiento y apretó los labios contra los de ella. Pretendía que fuera un rápido beso, ya que sabía que tardarían un tiempo en conseguir uno convincente, pero se percató de que, una vez que los labios de ambos se hubieron tocado, no tenía ganas de apartarse.

Gretchen olía a bayas silvestres. Sus labios eran suaves, a pesar de la vacilación que había en ellos. Un cosquilleo le recorrió la columna vertebral impulsándolo a abrazarla y a apretarla contra sí. Se conformó con ponerle la mano en el antebrazo.

Ella se puso tensa de inmediato y, unos instantes después, la conexión entre ambos se rompió. Él se separó y la miró. Seguía teniendo los ojos cerrados.

—Esta vez lo has hecho mejor —observó.

Ella abrió los ojos. Las mejillas se le arrebolaron cuando lo miró con ojos vidriosos.

—Supongo que la práctica hace que mejore.

Él rio. Era así, en efecto.

—Hasta mañana por la tarde. No se te olvide traer una barra de labios de repuesto.

—¿Para qué?

Julian sonrió de oreja a oreja y retrocedió hacia donde Murray lo esperaba.

—Porque pienso quitarte varias veces el carmín que lleves puesto.

Capítulo Tres

Al día siguiente, Gretchen volvió a la suite del hotel de Julian. Esa tarde no estaba tan nerviosa como en la primera visita, pero tampoco se sentía tranquila. Estaba segura de que el beso de la noche anterior tenía algo que ver. Antes de esa noche, solo la habían besado cuatro hombres, y ninguno de ellos era una estrella del cine.

Ni siquiera había podido dormir la noche anterior. No se olvidaba de la amenaza de Julian de quitarle el carmín varias veces. Iba a volver a besarla. Sentía una excitación infantil cada vez que lo pensaba, seguida de un dolor sordo en el estómago, provocado por el miedo.

No había nada que pudiera hacer al respecto. Tendría que pasar por ello. Solo serían cuatro días. Podía soportar casi cualquier cosa si solo era durante cuatro días.

Llamó a la puerta de la suite y esperó con ansiedad tirándose del vestido cruzado estampado.

–Hola, Gretchen –dijo Julian asomando la cabeza por la puerta. Tenía el pelo mojado–. Perdona, pero se me ha hecho tarde. Entra. Tengo que vestirme.

Retrocedió unos pasos y abrió la puerta del todo. Cuando ella entró se dio cuenta de que había estado ocultado su cuerpo medio desnudo tras la puerta. No solo tenía el pelo mojado: todo él lo estaba. Tenía una toalla de baño enrollada a la cintura. Por lo demás, estaba desnudo.

Ella no supo qué decir. Cuando él hubo cerrado la puerta, se limitó a mirar los fuertes y bronceados músculos que había visto en las películas y los anuncios. Su cuerpo no le parecía real, aunque podía extender la mano y tocarlo.

—¿Gretchen?

Ella levantó la cabeza y vio que él la observaba con una sonrisa divertida. Sintió que le ardían las mejillas al verse pillada.

—¿Sí?

—Pasa y siéntate. Vuelvo enseguida.

—Muy bien.

Ella se volvió a toda prisa y centró su atención en el sofá para no volver a mirar el cuerpo mojado y desnudo de Julian. Por suerte, él entró en el dormitorio. En cuanto la puerta se hubo cerrado, Gretchen soltó el aire que había estado reteniendo. «¡Vaya!», exclamó para sí mientras se llevaba las manos al rostro.

—Lo siento —dijo él cuando salió unos minutos después—. Llevaba unos pantalones de vestir negros y una camisa azul marino que hacía resaltar el azul de sus ojos—. No quería dejarte fuera mientras me vestía. Espero que no te haya importado.

—Está bien —contestó ella como si no le diera importancia—. Ya apareces así en la mitad de tus películas. No ha sido nada que no hubiera visto.

Él rio y se sentó a su lado en el sofá.

–Sí. La decencia, en mi caso, salió volando por la ventana hace unos años. Cuando has filmado una escena sexual con treinta y cinco personas mirándote, y después te ven millones en la pantalla, no queda mucho de que preocuparse.

–¿Haces muchas escenas de sexo? –preguntó ella. No podía imaginarse lo invasivo que resultaría. Ella no podía reunir el coraje para desnudarse delante de un hombre, mucho menos para hacerlo en una habitación llena de gente.

–Suele haber una por película. Normalmente, mi personaje salva a la protagonista de las garras del malo, y ella me lo agradece con su cuerpo. Siempre me ha parecido un tópico y una estupidez. Esperarías que ella estuviera traumatizada tras semejante experiencia, pero parece que soy tan guapo que no pueden resistirse.

–Estoy seguro de que las mujeres de la vida real tampoco podrán hacerlo. Estás en excelente forma física.

Él sonrió con aquella sonrisa deslumbrante que hechizaba a las mujeres.

–Gracias. Me entreno mucho para tener este aspecto, así que me resulta agradable que los demás lo valoren.

–No me imagino la cantidad de tiempo que se necesitará.

–Te lo digo. Entreno cuatro días a la semana con intervalos de alta intensidad y corro unos 15 kilómetros una vez cada tres días. He dejado todos los vicios, y mi entrenador personal me obliga a comer nada más que proteínas, fruta y verdura.

Gretchen lo miró con los ojos muy abiertos. Era una desgracia no poder comer pizza ni pan ni galletas. Julian tenía un aspecto excelente, pero ¡a qué precio!

—Yo no estoy dispuesta a sacrificarme tanto.

—La mayor parte de la gente no lo está, pero yo me gano la vida con estos abdominales. No es exactamente lo que planeaba al trasladarme a California, pero así son las cosas. Hay días que mataría por una galleta de chocolate. Solo una.

A Gretchen le pareció muy triste.

—Entonces, supongo que no probarás la tarta nupcial, lo cual es una pena, ya que Amelia las hace buenísimas.

Julian la miró con los ojos entornados.

—Tal vez haga una excepción y la pruebe. Tomaré un bocado de la tuya.

Gretchen no se imaginaba dándole tarta. Le parecía algo tan íntimo…

—Tengo que decirte una cosa —dijo ella sin poder evitarlo.

Él enarcó las cejas con curiosidad.

—¿El qué?

—Supongo que te resulta evidente que esto no se me da bien. No he tenido muchas relaciones, así que esta situación me resulta desconocida. No sé si será suficiente con que me enseñes para que salgamos adelante.

Se calló y esperó a que él pusiera fin a aquella tortura y al acuerdo al que habían llegado. Si se daban prisa, hallarían una sustituta más adecuada antes de la cena de bienvenida.

–Creo que es encantador –afirmó él con una sonrisa que la desarmó–. La mayor parte de las mujeres que conozco dominan el flirteo desde la guardería. Pero no te preocupes: te enseñaré lo que necesites saber.

–¿Cómo vas a enseñarme a tener una relación en unas horas si no las he llegado a dominar en veintinueve años?

Julian se inclinó hacia ella y la miró a los ojos.

–Soy actor –le dijo en voz baja–. Y he recibido una formación clásica. Puedo enseñarte algunos trucos.

–¿Trucos? ¿Cómo iban a remediar unos trucos de actuación quince años de torpeza con los hombres?

–¿Como cuáles?

–Como rehacer la escena en la mente. En primer lugar, debes dejar de pensar en quién soy, porque no va a ayudarte a relajarte. Quiero que consideres los próximos días como si fueran una obra de teatro en la que tú y yo somos los protagonistas. Yo no soy más famoso que tú, sino que somos iguales.

–Es buena idea, pero…

Julian levantó la mano para hacerla callar.

–No hay peros que valgan. Eres una hermosa actriz que desempeña el papel de mi novia. Tienes que estar conmigo y sentirte cómoda cuando te toque. Así debe ser.

Gretchen suspiró. Necesitaría algo más que un poco de teatro para convencerse.

–No soy una hermosa actriz. No puedo serlo.

—¿Por qué no?

Julian la miró con el ceño fruncido, molesto por su obstinación.

—Para ser una bella actriz, primero hay que ser bella. Solo entonces son relevantes las dotes para la actuación.

Julian le escrutó el rostro y ella pareció encogerse ante su mirada. Ambos sabían que ella no reunía las condiciones para ser actriz de Hollywood, por lo que no había necesidad de examinarla tan de cerca y detectar sus fallos en detalle.

Él la tomó de la mano.

—¿Sabías que Bridgette tenía que afeitarse el bigote? Tampoco es rubia natural, y la mayor parte de su cabello son extensiones. Los senos son falsos, la nariz también… Todo en ella es falso.

—Pero parece guapa.

Había invertido bien el dinero en su carrera, si lo que decía él era verdad. Si a Gretchen le sobraran dos mil dólares, tal vez se hiciera algunos retoques.

—Julia Monroe no ve nada cuando no lleva las lentillas. Si su maquillador no le mejorase el contorno de la cara, parecería un boxeador que acabara de perder un partido.

Julia Monroe era una de las actrices más famosas y solicitadas de Hollywood. A Gretchen le costaba creer que pudiera tener un aspecto que no fuera deslumbrante.

—Rochelle Voight tiene en la nariz los pelos más largos que he visto en mi vida y le huele el aliento. Creo que se debe a que solo se alimenta de esos zumos verdes. Detesto tener que besarla en la escena final de una película.

¿Hablaba en serio?

—¿Por qué me cuentas todo eso?

—Para que sepas que todo es una ilusión. Cada persona hermosa de Hollywood con la que te comparas es un personaje concebido para la cámara. Distamos mucho de ser perfectos, y a muchos de nosotros no se nos podría considerar guapos si no fuera por los peluqueros y los maquilladores.

—Pretendes decirme que, en Hollywood, todos son secretamente feos, por lo que no debiera preocuparme.

Él hizo una mueca y se inclinó hacia ella para que comprendiera sus argumentos.

—Lo que digo es que eres atractiva, una mujer atractiva desde un punto de vista realista. No debieras torturarte comparándote con un ideal no realista. Todo es falso.

Gretchen, sorprendida, enarcó las cejas. Incluso después del tratamiento de belleza, le parecía que Julian la toleraba porque no podía romper el acuerdo. ¿Creía de verdad lo que decía o solo intentaba alimentarle el ego lo suficiente para poder pasar la semana juntos?

—Todo yo soy también falso.

A Gretchen le resultaba fácil creer que las mujeres de las que había hablado estuvieran diseñadas para parecer perfectas, pero todo en Julian le parecía muy real.

—Venga ya —le reprochó ella retirando la mano. Sabía que la engañaba.

–Lo digo en serio. Estos ojos azules como los de un bebé son lentillas. Las mechas de mi cabello son falsas. Los dientes son fundas de porcelana porque mis padres no pudieron pagarme la ortodoncia cuando era joven. El bronceado lo consigo rociándome con un aerosol una vez a la semana. Incluso mi acento es falso.

–No tienes acento.

–Justamente. Soy de Kentucky –dijo él con un acento inconfundible que no tenía antes–. Tengo acento, pero nunca lo detectarás porque lo oculto, como todo lo demás.

Gretchen se recostó en el cojín del sofá e intentó asimilar lo que le estaba contando. Era demasiado para procesarlo de una vez.

–Aunque nuestro cabello sea falso, vayamos maquillados y nos sometamos a toda clase de torturas en pos de la belleza y la juventud, somos actores. Es nuestro disfraz. Por eso, piensa en el tratamiento de belleza que has recibido como tu disfraz. ¿Estás lista para desempeñar el papel de novia de Julian Cooper?

Ella respiró hondo y se irguió.

–Eso creo.

Él ladeó la cabeza y enarcó una ceja, mirándola desafiante.

–Lo estoy –se corrigió ella en un tono de falsa seguridad–. Vamos a hacerlo. ¿Por dónde empezamos?

Julian sonrió y se giró en el sofá para ponerse frente a ella.

–Muy bien. Cuando estaba en la Escuela de

Arte Dramático, uno de mis profesores nos decía con firmeza que había que hacer primero las escenas más difíciles. No nos dejaba calentarnos ni empezar por escenas menos duras. Empezábamos por un monólogo dramático. Tenía la teoría de que cuando hicieras eso, lo demás vendría por sí solo. Así que vamos a empezar por lo más difícil de tu papel.

Gretchen, a su lado, se puso tensa. ¿Lo más difícil? A ella se lo parecía todo. Le hubiera gustado ir más despacio hasta llegar al nivel de comodidad que necesitaba para hacer aquello.

–¿Cómo vas a…?

Él se le abalanzó y pegó sus labios a los de ella, sin dejarla terminar. A diferencia de los besos rápidos y sin pasión de la noche anterior en el restaurante, aquel fue como recibir un puñetazo en el estómago. Julian se inclinó hacia ella, logró que abriera la boca y la sondeó con la lengua.

Ella quiso separarse, pero él no se lo permitió. Para impedírselo, le puso una mano en la cintura y la otra en el hombro. Ella cerró los ojos y recordó que era una actriz interpretando un papel. Dejó de resistirse y trató de tranquilizarse. Tal vez, por una vez, pudiera disfrutar.

Cuando su lengua rozó la de Julian, él gimió. El sonido despertó en ella una oleada de deseo que le produjo un cosquilleo en las extremidades. Le rodeó el cuello con los brazos y lo atrajo hacia sí. Al haberse relajado, él la agarró con menos fuerza y comenzó a explorarla. Deslizó la mano que tenía en el hombro por la espalda y la unió a la otra en torno a la cintura femenina. Justo cuando ella se había relajado en sus brazos y estaba disfrutando de aquel experimento, sintió que él la apretaba contra sí.

Sin darse cuenta, se halló sentada horcajadas sobre su regazo. Se le subió el vestido y sintió la cálida presión de la excitación masculina en la pierna. Al principio, estuvo a punto de no creérselo. No había sentido muchas erecciones en su vida y, desde luego, no había previsto que fuera a sentir una en aquel caso. ¿Se había excitado Julian de verdad con el beso o era un actor muy convincente?

La pregunta la sobresaltó tanto que se separó de él. En el instante en que abrió los ojos, lo lamentó. Hasta ese momento, todo le había parecido bien. Se hallaba excitada y asustada, pero le parecía bien.

Al separarse de Julian, lo único que pudo hacer fue mirar con incomodidad al hombre en cuyo regazo se hallaba sentada. Estaba en una postura muy poco femenina y un sitio muy atrevido, y no estaba a gusto con ninguna de las dos cosas. Sintió calor en el pecho y la garganta y supo que se había puesto roja como un tomate.

A él no pareció importarle. A juzgar por su sonrisa de satisfacción, la forma brusca de separarse de él y los kilos de más en su regazo le daban igual. Gretchen no sabía si estaba contento porque ella lo estaba haciendo muy bien, si era muy buen actor o si realmente se lo estaba pasando bien.

—Excelente trabajo —dijo—. Eres una alumna de primera.

–¿Significa eso que puedo quitarme de tu regazo y pasar a la siguiente lección?

Él negó con la cabeza y la abrazó por la cintura con más fuerza.

–De ningún modo. El hecho de que aprendas con rapidez no implica que no necesites más clases. Vamos a trabajar esto algo más.

–¿Cuánto más?

–Vamos a sentarnos en este sofá y a ensayar hasta que nos parezca lo más natural del mundo. Si vas a engañar a las cámaras, tenemos que seguir hasta parecer auténticos.

Gretchen reprimió una carcajada. No iba a quejarse por recibir clases extras.

El coche de alquiler de Julian se hallaba a solo unos kilómetros de la casa de Murray, donde se iba a celebrar la barbacoa de bienvenida. Julian llevaba casi toda la hora anterior repasando su historia con Gretchen.

–Muy bien, vuelve a contarme cómo nos conocimos.

Ella suspiró y miró por la ventanilla.

–Hace unas semanas, viniste a visitar a Murray y, por casualidad, fuiste a nuestro local con él, donde me conociste. Congeniamos y me pediste que fuera a tomar algo contigo. Hemos estado mandándonos mensajes y hablando por teléfono desde que volviste a Los Ángeles, y regresaste antes de la boda a Nashville para que estuviéramos unos días juntos.

Lo había clavado, como él sabía que lo haría.

Bajo su tímida apariencia, Gretchen era una de las mujeres más inteligentes y divertidas que había conocido. Una vez vencidos los nervios, podía enfrentarse a aquello sin dejar que la ansiedad se interpusiera en su camino.

–¿Nos hemos acostado ya?

Gretchen lo miró con los ojos muy abiertos.

–Me parece que no. Creo que podemos habernos intercambiado algunos mensajes subidos de tono, pero me estoy haciendo de rogar.

–Eres un poco descarada. Bueno es saberlo.

Julian se detuvo ante la verja de hierro forjado, donde había un pequeño grupo de hombres con cámaras y algunos seguidores suyos.

–Sonríe –dijo él.

–¿Qué hago? –preguntó ella.

–Haz como si no estuvieran. Es lo más sencillo.

La tomó de la mano mientras esperaban a que abrieran la verja. Cuando entraron, siguieron el sendero circular que conducía a la casa, donde les esperaba un aparcacoches. Julian dejó las llaves puestas y se volvió a mirarla.

–¿Una última pregunta antes de que empecemos?

–¿Quién sabe la verdad sobre nosotros?

Buena pregunta.

–Murray, desde luego. Y estoy seguro de que se lo ha contado a Kelly, su prometida. Y ya está, puesto que Ross no acudirá a la celebración. Todos los demás creen que eres mi nueva novia.

Ella asintió y respiró hondo.

–Que empiece la fiesta –dijo.

El aparcacoches le abrió la puerta y Gretchen desmontó. Espero a que Julian rodeara el vehículo para reunirse con ella y, juntos, subieron las escaleras que conducían a la puerta principal. Cuando se abrieron las enormes puertas de roble, les recibió una mezcla de sonidos y de deliciosos olores. Murray no había reparado en gastos ni siquiera en los festejos menos importantes. Debía de haber un centenar de personas en la planta baja y había más afuera, en el patio, donde una banda tocaba en el cenador. Había también una camioneta donde preparaban costillas y carne a la brasa.

El bar estaba instalado en el comedor, al lado del bufé de aperitivos, donde la gente se entretenía hasta que la carne estuviera lista. Julian pensó que era una lástima que no pudiera probar nada de aquello.

–¿Quieres tomar algo? –le preguntó a Gretchen.

–Sí, por favor.

Fueron al bar, donde les sirvieron un margarita para ella y una botella de agua mineral con gas para él. Había un enorme barril de cerveza de una fábrica de Nashville que a Julian le encantaba, pero sabía que no debía beberla. Iba a haber numerosas tentaciones esa semana, por lo que no debía empezar mal. Además, no había hecho ejercicio desde que había llegado a la ciudad.

–¿No vas a tomar nada? –preguntó Gretchen–. ¿Lo haces por salud o por principios?

–Por salud. Son demasiadas calorías vacías. Si me tomo varias cervezas, me saltaría mis normas dietéticas. Te aseguro que no querrías verme sin conocimiento con una porción a medio comer de pizza en la mano.

–Sería escandaloso –se burló ella.

–Lo sé –Julian miró a su alrededor y vio a Murray y a Kelly en el patio–. ¿Conoces a Kelly?

–¿La novia? Sí, ha estado en el local varias veces a repasar detalles.

–Muy bien. Vamos a saludar a la feliz pareja. Después podemos buscar un sitio cómodo donde quedarnos y ocultarnos de los demás.

– ¿No tienes amigos aquí?

Julian negó con la cabeza.

–No. Murray y yo éramos compañeros de habitación en la universidad. Cuando dejé de estudiar y me trasladé a Los Ángeles, seguimos en contacto, pero no conozco a sus amigos de Nashville. Estoy aquí, sobre todo, para darle apoyo moral.

Salieron al patio y saludaron a los futuros esposos.

–Así que eres la mujer de quien Murray tanto me ha hablado –dijo Kelly con una ancha sonrisa y los ojos brillantes–. Me alegro de verte fuera del trabajo, Gretchen. Me han elogiado mucho por las invitaciones. Me muero de ganas de ver lo que nos tienes reservado para el día de la boda. Creo que los programas serán fabulosos.

–Gracias –dijo Gretchen sonriendo.

Julian observó a las dos mujeres mientras charlaban sobre los detalles de la boda. Desde la primera noche en el restaurante, Julian había notado que la renuencia de Gretchen había desaparecido al hablar de su trabajo. Era otra persona. Irradiaba seguridad en sí misma, pero desaparecía en el momento en que las miradas se desplazaban de su arte para centrarse en ella.

Julian lo entendía. Él preferiría hablar de sus películas que de su familia o de su educación. Eran historias que era mejor no contar.

–¿Te importa que te la robe? –le preguntó Kelly–. Quiero presentarle a las damas de honor.

–Por supuesto que no –Julian se inclinó y besó a Gretchen detrás de la oreja. Ella se estremeció, pero no se apartó ni se puso tensa–. No tardes.

Gretchen lo saludó con la mano y entró en la casa con Kelly.

–¿Cómo va todo? –preguntó Murray a su amigo.

–Mejor de lo que esperaba. He conseguido que se relaje, lo cual contribuye al éxito.

–Lo estáis haciendo bien. Cuando salisteis al patio, no dudé ni por un momento de que fuerais pareja.

–¿En serio? –Julian sonrió. Estaba contento de que hubieran avanzado tanto en tan poco tiempo–. Soy un actor que ha ganado premios, como ya sabes.

–La estatuilla dorada de la MTV por la mejor escena de pelea, en realidad, no es un premio al mejor actor de la Asociación de Actores Cinematográficos.

–Y que lo digas –masculló Julian.

Quería ganar un premio de verdad por una película con contenido. Una vez le había dicho a Ross que deseaba rodar una película profunda, y la siguiente fue una de terroristas que secuestran un

51

submarino. Otra película en la que, por cierto, al final perdía la camisa.

–No me ha parecido que estuvierais actuando –dijo Murray–. Parece que hay química entre vosotros. Química de verdad. Me sorprende. No me había parecido que ella fuera tu tipo, pero cosas más raras se han visto.

Julian escuchaba a su amigo mientras se tomaba el agua. Murray tenía razón. Algo estaba naciendo entre Gretchen y él. No sabía lo que era, tal vez solo la novedad. Ella no se parecía a ninguna de las mujeres con las que había salido, y no se trataba únicamente de diferencias físicas.

En primer lugar, no era vanidosa. Julian pasaba bastante tiempo en el tráiler de peluquería y maquillaje cuando rodaba y cuando tenía que aparecer en público, pero siempre era una fracción de lo que pasaba la protagonista femenina. Tenía la impresión de que el día que Gretchen había pasado en el spa era poco habitual en ella. Se cuidaba, pero su valía personal no estaba envuelta en su apariencia. Era una artista con talento y una sagaz empresaria, y eso era más importante para ella que la moda o el maquillaje.

Tampoco parecía que él la impresionara mucho. Se había mostrado nerviosa, desde luego, pero Julian pensaba que se mostraba así con los hombres en general. Ella sabía que era famoso, pero o no la impresionaba o no le importaba lo que hacía. A él le saludaban mujeres que chillaban y gritaban y que estaban a punto de desmayarse si las tocaba.

Julian llevaba mucho tiempo sin estar con una mujer a la que no le importara su dinero ni lo que él podía hacer por ella. Gretchen no tenía el secreto deseo de actuar ni llevaba en el bolso un guion para que él lo leyera y se lo entregara a un productor. Gretchen era real, la primera mujer auténtica que había conocido en mucho tiempo. Llevaba tanto tiempo en California que había olvidado lo que era estar con una mujer en vez de con un personaje de ficción.

Se volvió y miró a Gretchen y a Kelly, que estaban al lado del bufé charlando con otra mujer. Gretchen sonreía, incómoda, y mantenía la conversación como podía.

Julian se dio cuenta de cuándo esta derivó hacia su trabajo, porque se le iluminó el rostro. Aunque Gretchen no creyera que era hermosa, él no había visto a nadie tan radiante en su vida.

Lo iba atrayendo lentamente. Julian no tenía la intención de aproximarse tanto a su falsa novia, pero no podía evitarlo. Resistió la tentación de mandar un mensaje de texto a su hermano y hablarle de ella.

Era una artista con talento, ingenio y una sonrisa tímida. Parecía disfrutar de los placeres de la vida mientras se bebía el margarita y tomaba aperitivos sin que le remordiera la conciencia. Sabía quién era y llevaba la vida que quería.

Eran cualidades que le hacían envidiarla y, a la vez, le provocaban el deseo de poseerla inmediatamente.

Capítulo Cuatro

Gretchen entró silenciosamente en la oficina el jueves por la mañana. No tenía que realizar ninguna actividad relacionada con la boda, por lo que iba a preparar algunas cosas para el fin de semana.

A pesar de que sus colegas aseguraban que no tenía mucho que hacer el día de la boda, había que organizar muchas cosas de antemano. Y cuanto más pudiera hacer sin que ellas supieran que estaba allí, mejor. No estaba dispuesta a someterse a un interrogatorio.

–Vaya –dijo una voz femenina desde el otro lado del pasillo justo cuando llegaba a su despacho–. Has entrado de forma tan silenciosa con la esperanza de que no te viéramos. Aunque te hayas cambiado de peinado, te seguimos reconociendo.

Gretchen se volvió y vio a Bree en la puerta de su despacho. Tenía los brazos cruzados y una sonrisa de complicidad en el rostro.

–Buenos días, Bree.

–No me des los buenos días. Entra en el despacho y organízate, pero que sepas que queremos saberlo todo.

Gretchen asintió mientras suspiraba y entró. Esperaba que fuera rápido. Tenían una boda grande y cara ese fin de semana. Amelia, sobre todo, no podía perder el tiempo con toda la comida que tenía que preparar.

Dejó sus cosas y no se molestó en encender el ordenador, sino que se dirigió a la puerta que daba al almacén. Examinó las etiquetas de varias cajas de los estantes hasta encontrar la de la boda de Murray.

La puso en su escritorio y la abrió. Contenía los programas de la boda que había impreso semanas antes, junto con las tarjetas con los nombres de los invitados, los indicadores del sitio para sentarse y los menús. Gretchen los había examinado detenidamente cuando habían llegado, por lo que sabía que estaban listos para ser utilizados.

Llevó los programas a la capilla y los dejó en una mesita que había en su interior. Dejó las tarjetas con los nombres en la mesa redonda que había fuera del salón de baile. Cuando estuvieran puestos los manteles de lino y los centros de mesa, las tarjetas se colocarían en orden alfabético para que los asistentes encontraran su sitio en la mesa.

Gretchen entró en el salón. La gran sala era el esqueleto de lo que sería. Los huesos estaban allí: las arañas colgaban del techo cubiertas por telas blancas, el estrado y la pista de baile estaban vacíos y listos para que los ocuparan invitados achispados. El equipo de limpieza había estado el día anterior para pasar la aspiradora y poner las mesas y las sillas.

Se tardarían horas en adornar el salón. Gretchen esperaba comenzar ese día, aunque había cosas que había que dejar para el último momento, como los platos y los arreglos florales. La boda iba a ser en blanco y negro, por lo que la empresa de limpieza en seco entregaría los manteles blancos y negros, lavados y planchados, en algún momento de esa mañana. Había que doblar las servilletas y sacar varios centenares de velas.

Gretchen miró el desnudo salón con nerviosismo. La lista de cosas que debía hacer era abrumadora. ¿Cómo había consentido que la enredaran en aquel falso idilio? El hecho de que todo estuviera preparado el día de la boda no implicaba que ella no estuviera dando vueltas como un pollo con la cabeza cortada los días anteriores.

–Gretchen, han llegado los de la limpieza en seco –Natalie asomó la cabeza por la puerta del salón. Llevaba puestos los auriculares, como de costumbre, ya que siempre estaba al teléfono. Era el centro de mando de toda la operación, la que coordinaba a los vendedores, hablaba con los clientes, reservaba futuras bodas y llevaba la contabilidad.

–Estupendo, gracias.

La ayudó a descargar los manteles y a llevarlos al salón de baile y decidió comenzar por ponerlos en las mesas No tenía tiempo que perder.

–Estoy lista para que me cuentes qué pasó ayer –Amelia entró, seguida de Bree–. Las tartas se están enfriando, por lo que puedo tomarme un descanso.

¿Un descanso? Gretchen lanzó un bufido.

–Pues yo no, así que si queréis saber lo que sucedió ayer, escuchadme mientras me ayudáis a poner los manteles.

Bree se encogió de hombros.

–Me parece bien –agarró uno y lo extendió sobre la mesa más cercana.

–Vamos a alternar los blancos y los negros –les explicó Gretchen antes de que Bree le recordara que no la estaban ayudando por pura bondad.

–Suéltalo ya. ¿Lo besaste?

Gretchen se sonrojó.

–Sí, lo besé mucho. El insistió en que lo hiciera hasta que me sintiera cómoda.

–Es una locura –observó Bree–. Te pagan por besuquearte con Julian Cooper. ¿Cómo es posible?

Gretchen negó con la cabeza mientras ponía un mantel negro.

–Te recuerdo que me obligasteis a hacerlo.

–¿Te sientes más cómoda con él? –preguntó Amelia sin hacer caso de la acusación de Gretchen.

–Sí, creo que hemos llegado a un punto en que la gente puede creer que nos conocemos.

–¿En sentido bíblico?

Gretchen lanzó un gemido.

–No he conocido a nadie en sentido bíblico, así que no te lo puedo decir.

–¿Decir el qué? –Bree la miró con un mantel en las manos–. ¿Acabas de decir lo que me ha parecido oír?

Amelia miró a Gretchen con los ojos entrecerrados y esta pensó que debía haberse callado. Lo llevaba haciendo muchos años y ni siquiera sus amigas sabían la verdad. Pero se había descubierto el pastel.

Gretchen estiró el mantel y, de mala gana, reconoció la verdad.

–Sí.

–¿Eres virgen? –casi gritó Bree–. ¿Por qué no nos lo habías dicho?

–Shhh –susurró Gretchen–. No los grites a los cuatro vientos.

–Perdona –dijo Bree mirándola con los ojos como platos–. No se me había ocurrido que mi amiga de veintinueve años tuviera un secreto tan grande –se volvió hacia Amelia–. ¿Lo sabías tú?

–No.

–¿No nos lo habías contado a ninguna?

–A mí –dijo Natalie mientras entraba en el salón–. De eso hace mucho tiempo, pero no me ha contado nada posteriormente que me haga pensar que las cosas han cambiado.

Era cierto, solo se lo había contado a Natalie. Había sido una noche en el dormitorio mientras estaban en la universidad. Se habían quedado estudiando hasta tarde y acabaron tomándose una botella de vino barato y contándose sus secretos. Natalie era la persona adecuada para haberlo hecho. No era una romántica empedernida como Amelia ni una mandona como Bree. La había escuchado sin presionarla.

Bree dejó el mantel y se sentó en una silla.

–Parad, parad. Siéntate aquí ahora mismo y cuéntame qué demonios pasa. ¿Cómo has podido ocultárnoslo? ¿Y por qué se lo contaste ni más ni menos que a Natalie?

–¡Oye! –protestó esta.

Gretchen frunció el ceño y se dejó caer en la silla más cercana.

–Bree, ¿cómo pudiste no contarnos que Ian era tu ex, antes de subir a la montaña para hacerle las fotos de compromiso?

Bree frunció la nariz y se mordió el labio inferior.

–No era relevante en aquel momento.

–Tampoco lo es mi falta de experiencia sexual.

–Puede que no sea relevante para dirigir la empresa, pero, como amigas tuyas, es algo que debiéramos haber sabido.

–¿Saber el qué? ¿Que soy tan increíblemente torpe con los hombres que los alejo desde que cumplí los catorce? ¿Que tengo la autoestima tan baja que no me creo que un hombre pueda interesarse de verdad por mí y que siempre pongo en cuestión sus motivos?

–Eres guapa y tienes talento –dijo Natalie–. Aunque no te hayas sentido así cuando eras una adolescente o en la universidad, estás a punto de cumplir treinta años. ¿No te sientes distinta después de los éxitos que has tenido en la vida?

–Sí. Creí que ya me sentía mejor y estaba a punto de publicar mi perfil en una de esas webs de citas. Pero debo reconocer que no hay nada como un famoso actor para que te desaparezca la certidumbre.

–¿Puedo preguntarte cómo has llegado hasta aquí sin haber pedido la virginidad? –Amelia la miró con preocupación. Era la misma mirada que le lanzaban los hombres cuando les decía la verdad: como si estuviera dañada en cierto modo.

Gretchen se encogió de hombros.

–No salí con nadie en el instituto. Tampoco tuve ninguna relación seria en la universidad. Y a medida que fui cumpliendo años, se me fue haciendo más difícil. Era como un peso del que no me podía desprender. Ahora, cuando salgo con un hombre, insiste en tener relaciones sexuales hasta que se entera de que nunca las he tenido. Entonces se echa atrás. No quiere ser el primero o cree que me voy a aferrar a él por ser virgen. No sé. Parece que cuanto más tiempo pasa, más difícil es.

–Podemos arreglarlo –afirmó Bree–. Con tu nuevo aspecto y tu nueva actitud, podemos conseguirte a un hombre enseguida.

–No quiero… –Gretchen intentó discutir con ellas, pero no la dejaron.

–No queremos que simplemente se acueste con alguien, Bree –sostuvo Amelia–. Deseamos que encuentre la felicidad en una relación sana en la que haya intimida sexual.

–No creo que quiera… –intentó decir Gretchen.

–Ya que ha esperado tanto, debiera ser especial.

–¡Basta! –gritó Gretchen–. No quería que nadie le solucionara los problemas–. Esto es precisamente lo que quería evitar. No necesito que me solucionéis la vida. Las cosas son como son.

–¿Eres feliz así? –preguntó Amelia.

–Va por días, pero lo importante de todo esto es que me hace más difícil fingir con Julian. Bastante torpe soy ya cuando no estoy al lado de alguien que es inalcanzable en la vida real.

–No sé –dijo Bree con aire reflexivo–. Creo que podría ser tuyo. Hoy tienes un aspecto estupendo.

–Has perdido el juicio –masculló Gretchen.

Si había algo que odiaba era ser el centro de atención. Se sentía muy incómoda y estaba desesperada por cambiar de tema.

–Ahora que ya sabéis mis secretos más ocultos, ayudadme a acabar de poner los manteles o volved al trabajo. No hay nada más que ver aquí.

Bree acabó de poner otro mantel, y las tres salieron para dirigirse a sus despachos y a la cocina para seguir trabajando. Gretchen se sintió aliviada al quedarse sola.

Había sido violento, pero, por fortuna, se había terminado. No tendría que volver a confesárselo a sus amigas y colegas. Pero estaba segura de que la cosa no acabaría ahí. Cuando aquella estupidez con Julian concluyera, no le cabía duda alguna de que alguna de ellas intentaría solucionarle el problema. Ya habían intentado antes buscarle a un hombre, pero esa vez se convertiría en una misión.

Tras haber puesto el último mantel, miró el salón. Era como un tablero de damas. Dos días después estaría allí como invitada en vez de como dueña de la empresa. Se le hacía raro, sobre todo si se tenía en cuenta que iría del brazo de Julian Cooper.

Le resultaba increíble que Bree hubiera creído que Julian podía liberarla del peso de la virginidad. Era ridículo, incluso sabiendo que él se excitaba cuando la besaba. Había una gran diferencia entre ambas cosas. Le pagaban para ser su novia en público, no en privado. Si él se acostaba con ella, sería porque la deseaba.

Y no había forma de que la deseara. ¿O sí?

***

Julian aparcó el todoterreno de alquiler en el aparcamiento de Desde este Momento. En realidad, no había motivo alguno para que estuviera allí. Era un día para hacer pequeños recados y llevar a cabo los preparativos finales del gran acontecimiento. Al menos para los hombres. Las mujeres habían ido al spa por la mañana y a merendar por la tarde, dejando el día libre a los varones.

Para ellos, el día había empezado en el campo de golf. El tiempo era algo fresco para la sangre californiana de Julian, pero el cielo estaba claro y se lo habían pasado bien jugando. Habían comido en un local especializado en barbacoas, donde Julian había tomado pechuga de pollo, acompañada de una deliciosa torta de maíz frita, y habían vuelto al hotel, y allí se habían separado.

Julian se había aseado y se había dispuesto a realizar diversas tareas pendientes. No había mensajes telefónicos de su familia, nada que lo pudiera preocupar, por lo que pudo centrarse en los preparativos de la boda. Tenía que recoger los esmóquines e ir a la joyería a por las alianzas matrimoniales. Murray no le exigía mucho como padrino. Lo único que le había pedido era que le hiciese un par de recados y que organizase una fiesta de despedida de soltero el viernes por la noche. No era difícil.

Sin embargo, pensó que debiera ir a buscar a Gretchen y llevarla con él.

Quería volver a verla.

Echaba de menos su tímida sonrisa y sus comentarios sarcásticos. Quería abrazarla por la cintura y besarla hasta hacer que se ruborizara.

Apagó el motor, bajó del todoterreno y entró. El vestíbulo era enorme y tenía forma de cruz, con cuatro arcos que conducían a las distintas zonas de la capilla. En medio había una mesa redonda con un mantel blanco. Minúsculas notas musicales estaban cosidas a él con hilo negro, cuentas y pequeños cristales. En el centro había una larga rama plateada de la que colgaban notas musicales y tarjetitas blancas con nombres de personas.

Era bonito.

A la izquierda estaba la capilla como tal y, más adelante, el salón de baile, por lo que Julian optó por dirigirse a la derecha, donde estaban los despachos. En uno de ellos figuraba el nombre de Gretchen McAlister, y llamó a la puerta.

—No, no quiero salir con tu primo —oyó que ella gritaba.

Sonriendo, abrió la puerta y asomó la cabeza. Ella estaba sentada a su escritorio atando cintas blancas y negras alrededor de cilindros de cristal que contenían velas.

Gretchen alzó bruscamente la cabeza al oír su voz.

—¡Julian! Perdona, creí que era Bree. ¿Qué haces aquí? ¿Hay algún problema? Creí que no nos veríamos hasta mañana.

—No, ningún problema —respondió él al tiempo que entraba y cerraba la puerta—. Pensé que tal vez quisieras estar conmigo.

Ella lo miró entrecerrando los ojos.

–¿Estar contigo? ¿Te refieres a seguir practicando? ¿A repasar nuestra historia?

Julian negó con la cabeza.

–No, creo que eso ya está. Tengo que hacer un par de recados y pensé que tal vez quisieras acompañarme.

Ella frunció el ceño. Parecía confusa. O recelosa. Él seguía sin entenderlo.

–No estoy vestida para una salida oficial contigo.

Se pasó la mano por el cabello, que se había recogido con un clip en forma de mariposa. Llevaba poco maquillaje, unos vaqueros, un jersey marrón con el cuello en forma de V y unas botas. El color del jersey hacía juego con el de sus ojos y resaltaba la blancura de su piel. Le pareció que estaba muy guapa y le costó apartar la vista del tentador escote.

–Tienes un aspecto estupendo.

–También tengo mucho que hacer.

–Pues resulta que yo no. ¿Qué te parece si hacemos un intercambio? Te vienes conmigo a hacer los recados y, después, volvemos y te ayudo a hacer lo que necesites.

Ella enarcó una ceja.

–¿Vas a ayudarme?

–Claro –dijo él con una sonrisa de ganador–. No tengo ni idea de lo que hay que hacer, pero soy actor. Puedo fingirlo.

Gretchen soltó un bufido al tiempo que negaba con la cabeza.

–Bueno, no sé si serás de mucha ayuda, pero la que me ofrezcas será bien recibida.

Julian rio.

–Menos mal que no eres muy exigente. Vámonos. Tengo que recoger los esmóquines y los anillos.

La ayudó a ponerse el abrigo y se marcharon. Al montarse en el coche, Julian le confesó:

–No tengo ni idea de adónde tengo que ir. ¿Sabes dónde está Couture Connection? Allí debo recoger los esmóquines. Puedo buscarlo en el teléfono, si es necesario.

Gretchen asintió.

–Sé donde está, a unos tres kilómetros de aquí. Ve a la derecha.

Esa parte del día transcurrió sin problemas. Llegaron a la tienda y esperaron unos minutos hasta que les entregaron las prendas. Cuando estaban a punto de salir, Julian observó que había un tipo con una cámara enfrente de la tienda.

Suspiró. Lo habían localizado. Habían tardado más de lo que esperaba.

–Alguien ha dado el soplo a los paparazzi –le dijo a Gretchen.

–¿Qué hacemos? –preguntó Gretchen–. Ya te había dicho que no estoy presentable para las cámaras.

Él se encogió de hombros.

–Haremos lo que tengamos que hacer. Si la vida se detuviera porque alguien me saca fotos, no haría nada –Julian se puso los esmóquines sobre el brazo y la agarró de la mano–. Vamos.

Cuando llegaron a la joyería, los seguían tres coches. Julian ni siquiera había abierto la puerta a Gretchen cuando cuatro tipos con cámaras comenzaron a sacarles fotos y a hacerles preguntas.

–¿Quién es esta señorita, Julian?

–Se llama Gretchen McAlister –respondió él al tiempo que le abría la puerta y la ayudaba a salir del coche. Normalmente no les hubiera hecho caso, pero no tenía sentido alguno tener una falsa novia si no la daba a conocer.

–¿Es tu nuevo amor? –preguntó otro. Gretchen se sonrojó.

Julian la tomó de la mano y la miró a los ojos. Era fácil perderse ahí, ya que los sentimientos que había despertado en él no eran fingidos.

–Es alguien muy especial para mí –contestó con una sincera sonrisa.

–¿Qué crees que pensará Bridgette de tu nueva relación?

–Me da igual lo que piense –dijo Julian. Después se inclinó hacia Gretchen y le susurró al oído–: Vamos a entrar.

Las cámaras se quedaron fuera. La dependienta de la joyería fue a buscar al dueño. Julian observó que Gretchen miraba las joyas expuestas y que se le iluminaban los ojos al ver algo.

–¿Qué te gusta? –preguntó. Le picaba la curiosidad saber qué despertaba su interés. No parecía que Gretchen llevara muchas joyas.

–Ese collar –respondió ella al tiempo que señalaba un ópalo en forma de lágrima–. Nunca había visto uno tan brillante.

Era bonito, y no era lo que él esperaba que eligiera, cuando había diamantes y otras piedras preciosas. Esperó a ver la mirada expectante a la que estaba acostumbrado, pero Gretchen se encogió de hombros y siguió mirando. Seguía sorprendiéndolo. Tal vez ella, a su vez, se mereciera una sorpresa.

–Señor Cooper –el dueño de la tienda los saludó mientras salía de la trastienda–, vengan conmigo. Ya lo tengo todo listo.

Los condujo a una sala privada donde pudieron examinar los anillos. Eran de oro y diamantes, por lo que Julian quería estar seguro de que todo estaba perfecto para Murray y Kelly.

–¿Desea algo más, señor Cooper? –preguntó el joyero.

–Pues sí. Ese ópalo en forma de lágrima de la vitrina. Lo quiero para mi acompañante.

El hombre asintió.

–Una excelente elección –llamó a la dependienta para que se lo llevara.

Julian no hizo caso de la mirada perpleja de Gretchen cuando el joyero les mostró el collar en un estuche de terciopelo.

–¿Quiere que se lo envuelva?

–No, se lo va a llevar puesto.

Julian lo tomó, y antes de que Gretchen pudiera protestar, se levantó y se puso detrás de ella. Le apartó suavemente un mechón de cabello suelto y le puso el collar. El ópalo quedó debajo de las clavículas de Gretchen. Resaltaba en el bajo escote del jersey.

–Precioso –dijo el joyero–. Pondré el estuche en la bolsa de los anillos.

Julian le entregó la tarjeta de crédito antes de que saliera de la habitación.

–¿A qué viene esto? –preguntó ella–. Este collar es carísimo.

Él se encogió de hombros.

–Te ha hecho sonreír, y eso vale todo el oro del mundo.

Gretchen agarró el ópalo al tiempo que negaba con la cabeza.

–Ya me estás pagando una suma enorme por hacer esto. No tienes que comprarme nada.

Julian trató de no estremecerse ante el desafortunado recordatorio. Casi había olvidado que la pagaba para que estuviera con él. Era tan diferente de toda la gente que lo rodeaba, siempre pidiéndole algo, que fue una desagradable sorpresa recordar que a ella estaba recibiendo lo suyo al igual que los demás. Sin embargo, él sabía que era distinta.

Al final, daba lo mismo. Quería comprarle el collar y lo había hecho.

–Es un regalo. Que lo disfrutes.

El joyero volvió con la tarjeta y un recibo.

–¿Desean algo más?

Al levantarse, Julian pensó en los periodistas que los esperaban afuera. Había visto un café cerca de allí, pero no quería que lo siguieran. Deseaba estar tranquilo con Gretchen antes de que empezara el caos de la boda.

–Solo una cosa. ¿Hay salida por la parte de atrás?

Capítulo Cinco

–¿Eso es todo lo que vas a comer? –preguntó Gretchen–. En serio, si se presentan esos tipos con la cámara, no puedo dejar que me graben con el plato lleno mientras tú picoteas una ensalada de espinacas sin aliño.

–Ya te he dicho que me estoy reservando para la tarta de Amelia –respondió Julian con una sonrisa.

Gretchen miró su sándwich y se encogió de hombros antes de tomarse otro trozo.

–Al menos podrías tener el detalle de pedir más comida, solo para aparentar, aunque no te la tomaras.

–Nadie nos mira, Gretchen. Estamos ocultos en un rincón de un pequeño café. Tranquilízate y disfruta de la comida.

Ella siguió comiendo antes de reunir el valor de hacerle una pregunta.

–¿No te cansas?

–¿De qué?

–De que te traten como a un trozo de metal.

Julian se contuvo para no soltar una carcajada.

–Pues sí, me canso. Pero no tendré este aspecto siempre. Soy joven, estoy en plenitud de facultades, así que creo que debo aprovecharlo mientras pueda. Supongo que podré enfrentarme a guiones con más sustancia cuando se mayor y la gente se haya dejado de interesar por mis bíceps.

–No son tus bíceps, sino tus abdominales –le corrigió ella.

Él enarcó una ceja.

–Gracias por fijarte.

Ella se puso colorada.

–No me he fijado. En realidad me refería a que… –se calló al no saber qué añadir.

–No pasa nada, Gretchen. Te permito que admires mis abdominales. Sería hipócrita por mi parte servirme de mi cuerpo para ganar dinero y criticar a alguien por fijarse en él. Tal vez algún día se me conozca por otra cosa.

–¿Has pensado hacer otro tipo de películas ahora? ¿Cuántas películas de acción haces al año? Debes de tener tiempo para hacer otra cosa de vez en cuando.

Julian suspiró.

–Me encantaría. De hecho, tengo en la habitación del hotel un guion que me tiene emocionado. Es un papel totalmente distinto de los habituales, con sustancia; uno de esos que podría conseguir la aclamación de la crítica.

Gretchen observó que se animaba al hablar de la trama. Su papel sería el de un alcohólico que lo pierde todo y vuelve al hogar para enfrentarse a la familia que había dejado. Parecía un papel estupendo, de los que podía cambiar la trayectoria de su carrera.

–¿Por qué no lo haces?

–A mi representante no le parece buena idea.

Tiene razón. Cuanto más pienso en ello, más cuenta me doy de que no es el momento adecuado.

–¿Por qué? ¿Qué mal puede haber en intentarlo?

Julian se volvió a mirar la puerta de entrada del café.

–Mucho. Tener lo que tengo ahora es un regalo. Me proporciona el dinero suficiente para atender a mi familia, llevar una vida estupenda y no preocuparme por cómo voy a pagar nada. Pero en esta industria se puede perder todo en un segundo.

–¿Cómo podrías hacer tan mal tu trabajo que hundieras tu carrera?

–Llevo ya bastante tiempo actuando, Gretchen, y probablemente al principio no fuera bueno. Conseguí mi primer papel en una película por mi cuerpo, y poco ha cambiado desde entonces. ¿Y si…? –su voz se apagó–. ¿Y si intento hacer una película seria y no valgo para ello? ¿Y si me destrozan los críticos por haber creído que podía hacer algo más que disparar o pilotar un helicóptero?

–Al menos lo habrás intentado. Perdona que te lo diga, pero no parece que las películas te llenen. Como persona creativa, entiendo lo que sientes. Si te conformas y no haces lo que de verdad te agrada, al final acabarás perdiendo el gusto por el trabajo.

–A ti te gusta tu trabajo ¿verdad? Lo sé porque tu actitud cambia cuando hablas de él.

Gretchen no había caído en eso, y se sorprendió de que Julian se hubiera fijado.

–No sé si cambio, pero me encanta mi trabajo. No soy una artista tradicional que pinta o esculpe, pero hago muchas cosas creativas. Nunca me aburro. Y trabajo con mis mejores amigas, lo que hace que me divierta todos los días.

—Reconozco que te envidio.

Gretchen lo miró con los ojos como platos.

—¿Que me envidias? ¿En serio?

Él asintió.

—Completamente. Llevas la vida que quieres. Haces el trabajo que te gusta. Vives con autenticidad, haciendo lo que te hace feliz.

—Pero no soy millonaria. Probablemente serlo compensa otras cosas.

—El dinero no es tan bueno como lo pintan. Es necesario, y agradezco disponer de lo suficiente para hacer todo lo que deseo. Sin embargo, la idea de perderlo puede hacer que te frenes. Mírame. Estoy en un café que huele de maravilla, a punto de babear por la tarta de arándanos que hay en la vitrina y que no voy probar. No como lo que quiero, no hago lo que quiero, no actúo en las películas en que me gustaría hacerlo... Todo a causa del dinero.

Gretchen negó con la cabeza.

—Solo alguien que tenga dinero puede considerarlo una carga.

Julian la miró con curiosidad durante unos instantes.

—¿Puedo preguntarte por qué has accedido a participar en esta farsa conmigo?

Ella rio. Estaba sorprendida de que hubiera tardado tanto en preguntárselo.

—Buena pregunta. Yo también me la hice los primeros días. En parte se debe a que estaba en el sitio adecuado en el momento equivocado, pero, al final, me avergüenza reconocer que lo hago por el dinero. Tenía que cambiar de vida durante unos días y, cuando acabara, tendría la posibilidad de hacer un viaje con el que siempre he soñado. Sin ese dinero, quién sabe cuándo volvería a tener otra oportunidad.

–Me encanta viajar –dijo él apartando la ensalada a medio comer e inclinándose hacia ella–. ¿Adónde quieres ir?

–A Italia –contestó ella con un nostálgico suspiro–. Llevo soñando con ello desde el instituto, cuando estudiamos el Renacimiento. Quiero ir y absorber toda aquella belleza: los cuadros, la arquitectura, la comida, la gente… Quiero experimentarlo todo, y ese dinero lo hará posible.

Julian asintió.

–Italia es preciosa. Te encantará.

–¿Has estado allí?

–Una vez. Rodamos unos días en la Toscana y conseguí ir un día a Florencia. Es maravillosa. Siempre he querido volver, pero no he tenido tiempo.

Gretchen lo entendió.

–Sé cómo te sientes. Incluso teniendo dinero, marcharme unos días de la empresa es difícil. Ha sido mi vida desde que construimos el local.

–Pues creo que debes conseguir ese tiempo. Si tienes el dinero, hazlo. Nunca será el momento perfecto y, antes de que te des cuenta, la vida habrá disminuido tus ahorros y habrás perdido la oportunidad.

–No creo que…

–Te reto a que vayas la primavera que viene –propuso él con una sonrisa conspirativa–. A finales de abril o principios de mayo. Será perfecto. El tiempo es bueno y todavía no hay demasiados turistas.

Gretchen estuvo a punto de ahogarse.

–¿Que me retas?

–Sí –afirmó él al tiempo que fijaba los ojos en ella con tanta intensidad que ella sintió una opresión en el pecho–. No pareces una mujer que se eche atrás ante un desafío.

Ella lo miró con una media sonrisa en los labios.

–Muy bien, acepto. Pero yo también voy a desafiarte.

–¿Ah, sí? –él se recostó en su asiento y se cruzó de brazos como si no lo intimidara el desafío–. Me muero de ganas de saber cómo vas a hacerlo.

Era verdad que le encantaban los desafíos, pero también que nunca se había enfrentado a Gretchen.

–Muy bien, señor seguro de sí mismo. Te desafío a que vuelvas a la barra, compres esa tarta de arándanos que tanto deseas y te la comas sin dejar ni las migajas. Vive en el lado salvaje solo hoy, Julian. ¿Quién sabe? Un día es una tarta y al siguiente una película que se estrena en el Festival de Sundance.

Julian la escrutó durante unos segundos. Un desafío era un desafío.

Decidió echarle un cable porque sabía lo que era intentar hacer dieta cuando tu familia y tus amigos te saboteaban sin darse cuenta.

–Si quieres, podemos compartirla.

A él se le iluminó el rostro.

–Hecho.

Se levantó y la dejó sola durante unos minutos para ir a comprar la tarta. Ella se recostó en la silla y respiró hondo por primera vez en media hora. Julian era tan intenso que a veces le resultaba difícil respirar en su presencia. Pero le gustaba estar con él, cosa que no se había esperado.

En el fondo tenían más en común de lo que pensaba. Cuanto más tiempo pasaban juntos, más fácilmente veía ella al hombre que había por debajo del actor.

Aunque eran pensamientos agradables, también eran peligrosos y carentes de sentido. Acababan de hablar de lo que ella iba a hacer con el dinero que él le pagaría por ser su acompañante. Cuando la boda hubiera acabado, también lo haría su tiempo juntos.

Aunque a ella le pareciera que habían conectado, lo cierto era que él era actor. No debía olvidarlo. Al cabo de unos días, él volvería a Los Ángeles y se olvidaría de su existencia.

A ese paso, nunca conseguiría acostarse con nadie.

Julian estuvo a punto de gemir al tomarse el último bocado de tarta. Era lo mejor que había probado en… un año, probablemente. La mayoría de los días no era él quien decidía lo que iba a comer. Su entrenador personal y su cocinero se ocupaban de ello y de alejarlo de las tentaciones. Gretchen no tenía ese problema. Se daba un capricho cuando le apetecía, y la sonrisa de satisfacción que mostraba era la prueba.

–¡Qué malos somos! –dijo Gretchen dejando el tenedor en el plato vacío–. Estoy segura de que vas a engordar un kilo y medio.

Julian se irguió bruscamente.

–Eso no será posible, ¿verdad?

Ella se rio y negó con la cabeza.

–No, no te preocupes. Tomarse media tartaleta de arándanos no es el fin del mundo. A fin de cuentas, has tomado fibra con la fruta.

Fue entonces cuando Julian se fijó en que ella tenía un trocito de arándano en la comisura de los labios. Agarró la servilleta para quitárselo, pero lo pensó mejor.

–Quédate quieta –dijo mientras se inclinaba por encima de la mesa hacia ella. Le acarició el cuello suavemente con la mano y apoyó los labios en la comisura de los labios femeninos para quitarle la fruta antes de besarla.

Igual que cada vez que la tocaba, Julian reaccionó inmediatamente. Con los labios de ella apretados contra los suyos y el aroma de su piel llenándole los pulmones, no pudo separarse de ella. Se le tensaron de deseo todos los músculos. Cada vez que se besaban, su deseo de ella aumentaba.

Sabía que aquello era un acuerdo comercial, peo no podía evitar la reacción que experimentaba ante ella. La deseaba más de lo que había deseado a ninguna otra mujer.

Pero, a diferencia de las otras veces en que habían practicado para quedar bien ante las cámaras, esa vez fue ella la que se separó.

Él no se lo esperaba, y la súbita retirada de ella lo dejó inclinado sobre la mesa y sintiéndose vulnerable.

–¿Qué pasa?

Ella lo miró con recelo.

–¿A qué ha venido eso?

Él enarcó las cejas.

–¿A qué ha venido que te haya besado?

–Sí –ella lanzó una mirada alrededor del café antes de mirarse el regazo–. Creí que habías dicho que ya no teníamos que seguir practicando. Ahora mismo no hay nadie mirándonos.

Gretchen no se imaginaba que la pudiera besar porque lo deseaba.

–Ese beso no ha sido para las cámaras, sino para mí.

Ella lo miró con los ojos entornados al tiempo que fruncía la nariz.

–No te entiendo.

–¿Qué tienes que entender, Gretchen? Me gustas. Quería besarte, así que lo hice. Es eso tan sencillo de chico conoce a chica.

Ella asintió, aunque él no estaba seguro de que se sintiera mejor con aquella situación.

–Ya te he dicho que no se me da bien lo de chico conoce a chica.

Se lo había dicho, pero, hasta ese momento, él no se había dado cuenta de que hablaba muy en serio. ¿Cómo era posible que no entendiera por qué había querido besarla? ¿Tenía tan baja autoestima que no creía ser merecedora de su atención? Si así fuera, tendría que encargarse de corregir esa suposición de forma inmediata.

–Dices que te gusto. ¿A qué te refieres?

–A que me gustas. Y, sí, me atraes. Ya sé que nuestro acuerdo es comercial, y no quiero que te sientas incómoda, pero es así. De verdad.

Ella no dijo nada y se limitó a dar un sorbo a su té helado. Era como si no supiera qué responder, como si él le hubiera dicho que la quería demasiado pronto. ¿La había malinterpretado? Él no quería que creyera que el contrato se extendía a actividades en la cama. Alzó la vista y le dirigió una intensa mirada.

–Tú también me gustas –dijo, atrevida.

Julian reprimió una sonrisa instintiva. Ni mucho menos. Sospechaba que ella se sentía atraída por él, pero no estaba seguro. Saberlo le hizo sentirse más ligero.

–Me alegro de que nos lo hayamos dicho.

Ella asintió y volvió a bajar la vista. Las fantasías de llevársela al hotel y hacerle el amor se evaporaron. Cada cosa a su tiempo, se dijo Julian. Además, tenían que trabajar. Incluso si ella lo deseaba tan desesperadamente como él a ella, se aproximaba la boda y había que adornar el salón de baile lo antes posible.

–Será mejor que volvamos –observó él–. He prometido ayudarte a poner adornos.

–No es necesario que lo hagas. Me has invitado a comer y, sobre todo, me has regalado el collar.

No me importa quedarme toda la noche poniendo adornos sola para recuperar el tiempo perdido.

Él negó con la cabeza.

–No te vas a librar de mí tan fácilmente. Puede que no tenga espíritu artístico, pero voy a ayudarte. Y no hay más que hablar.

Gretchen asintió y dejó la servilleta en la mesa.

–Ha pasado más de una hora. ¿Crees que los fotógrafos se habrán dado por vencidos o que seguirán enfrente de la joyería?

Julian se encogió de hombros y se levantó.

–Da igual. Me alegro de haber estado a solas esta hora contigo.

El regreso transcurrió sin incidencias, pero en un silencio incómodo. Continuó hasta que llegaron al salón de baile y comenzaron a trabajar. Ataron un lazo de organza negra en el respaldo de las sillas. Julian dejó de hacerlo enseguida, pues solo sabía hacer nudos, no lazos, y Gretchen le encomendó la tarea de doblar las servilletas de lino. Por suerte no había que hacer ninguna figura compleja, sino un simple pliegue que creaba un rectángulo con un bolsillo.

Cuando Gretchen hubo acabado con los lazos, puso una bandejita de cristal para cada comensal. Julian la siguió, dejando una servilleta en cada bandeja con el menú metido en el bolsillo. Después colocaron los jarrones y los candelabros.

–¿Qué más? –preguntó Julian.

Gretchen se sentó y negó con la cabeza.

–Nada más por esta noche –consultó el teléfono móvil–. Se está haciendo tarde. Haré lo que falta mañana.

Julian se sentó también y echó una ojeada al salón. Habían hecho mucho, pero quedaba otro tanto por hacer.

–¿Estás segura? Puedo quedarme todo lo que quieras.

–¿No estás aquí por Murray? ¿No debierais estar juntos jugando al póquer o haciendo cualquier otra cosa?

Él se encogió de hombros.

–No. Hoy hemos jugado al golf y hemos comido juntos antes de que yo me presentara aquí. Mañana tendremos la cena de ensayo y la fiesta de despedida de soltero.

Ella esbozó una sonrisa cómplice.

–¿Qué le has preparado? ¿Señoritas que se quitan la ropa y cerveza?

–No –respondió él en tono ofendido–. Va a ser una fiesta con clase. He alquilado un antiguo piano bar en el centro de la ciudad. También a un cubano que hace puros auténticos y una fábrica de cerveza local para que nos surta de esa bebida. Actuarán una cabareteras –puso una cara muy seria al decirlo, pero no le duró mucho–. Vale, sí: señoritas que se desnudan y cerveza. Pero las dos son caras.

–Estoy segura de que eso hará que tenga mucha más clase –apuntó ella con una sonrisa.

–Eso creo.

–Entonces, será mejor que nos vayamos a casa. Necesitas descansar para estar preparado para una larga noche de desenfreno –Gretchen se puso de pie y se sacudió las manos en los vaqueros.

Salieron del salón de baile y ella apagó las luces y cerró las puertas con llave. Cuando llegaron al aparcamiento, la temperatura había descendido mucho desde que habían entrado. Julian solo llevaba una chaqueta. Gretchen iba más preparada, con abrigo y bufanda.

Él titubeó a la hora de darle las buenas noches, ya que lo que de verdad quería era que siguieran juntos. Se aproximó a ella, que tenía la espalda apoyada en el coche. Ella lo miró a los ojos.

–¿No tienes un abrigo en condiciones? –le preguntó al ver que comenzaba a tiritar.

–Aquí no. No creí que fuera a necesitarlo en Nashville.

–Pues ve mañana a una tienda a comprarte uno de lana. No se puede permitir que el padrino agarre frío el día antes de la boda.

–Buena idea. ¿Podrías calentarme un poco mientras tanto?

Gretchen sonrió, le rodeó el cuello con los brazos y lo atrajo hacia sí. Con los labios a escasos centímetros de los de él, le preguntó:

–¿Qué tal así?

Julian apretó todo su cuerpo contra ella y la abrazó por la cintura.

–Me estoy calentando, desde luego. Pero todavía tengo un poco de frío.

Ella le sostuvo el rostro entre las manos y guio su boca hacia la de ella. Una explosión de deseo le recorrió el cuerpo a Julian cuando se tocaron. En el momento en que Gretchen le rozó la lengua con la suya, él ya tenía tanto calor que podría haberse quitado la chaqueta. Ese sencillo e inocente contacto fue suficiente para hacerle arder de deseo.

Julian fue recorriéndole la línea de la mandíbula con besos hasta llegar al cuello. Gretchen ahogó un grito y se aferró a él cuando se lo mordisqueó. El sonido fue música para los oídos masculinos. Desesperado por acariciarla más, deslizó una mano desde la cintura de ella hasta su seno.

Ella ahogó otro grito, pero inmediatamente apoyó las manos en el pecho de él, que retrocedió y bajó los brazos.

–¿Qué pasa? –preguntó con la respiración entrecortada.

–Yo… –Gretchen negó con la cabeza–. Vas demasiado deprisa para mí, Julian.

¿Deprisa?

–Es jueves. El lunes habré vuelto a California. No quiero que te sientas incómoda, pero no tenemos toda la vida.

Gretchen suspiró y dejó de mirarlo a los ojos.

–Ya lo sé.

–¿Qué te molesta? Dímelo.

Ella tragó saliva y asintió.

–Ya te he dicho que no he salido con muchos hombres, pero es más que eso, Julian. No es que no te desee. Te deseo mucho. Y estaría dispuesta a dejar que esto nos llevara hasta donde tú quieras, pero creo que si supieras la verdad, tú…

–¿Yo qué? –no se le ocurría nada que pudiera hacer que su deseo desapareciera.

—Soy virgen —ella casi escupió las palabras, como si quisiera que salieran antes de que cambiara de idea.

Julian la miró con los ojos como platos y retrocedió tambaleándose, ¿hablaba en serio?

—¿Virgen?

—Sí. Para mí no es un problema, como te he dicho. Para serte sincera, me harías un enorme favor si me libreras de este peso con el que llevo años cargando. Pero la gente no suele reaccionar bien cuando se lo digo.

Julian lo entendía perfectamente. Él tampoco lo estaba haciendo. Le había pillado desprevenido. En unos segundos, la idea de un idilio divertido e informal mientras estaba en Nashville se había complicado.

—Maldita sea —susurró Gretchen.

La miró con el gesto fruncido.

—¿Qué?

—Ha vuelto a pasar. Te he asustado. Te veo en los ojos que no ves el momento de salir corriendo.

—No, no —dijo él al tiempo que negaba con la cabeza con vehemencia—. No es lo que me esperaba, pero debiera haber… —se calló. Todas las señales se lo habían indicado, pero no había creído que fuera posible—. Bueno, es tarde y probablemente te estarás quedando helada —sus palabras le parecieron una mala excusa incluso a él—. Mañana nos espera una larga noche, así que vete a casa. ¿Nos veremos en el ensayo a las seis?

—Sí —ella ni siquiera intentó ocultar su decepción en el rostro y en la voz. Que hubiera dado marcha atrás tan rápidamente había herido sus sentimientos, pero Julian no sabía qué otra cosa podía hacer–. Buenas noches, Julian.

Sin siquiera pellizcarle en la mejilla a modo de despedida, ella abrió la puerta del coche y se montó. Arrancó y salió de la plaza de aparcamiento dando marcha atrás.

Mientras las luces traseras del coche se perdían en la distancia, Julian se dio cuenta de que se había portado como un imbécil. Parecía que se le daba mucho mejor relacionarse con las mujeres cuando debía atenerse a un guion.

Capítulo Seis

Gretchen debiera haberse callado. No volvería a decirle la verdad a ningún otro hombre. Cuando de nuevo hubiera alguno interesado en acostarse con ella, dejaría que lo averiguara por sí mismo. Tal vez no fuera muy agradable, pero, para cuando lo hubiera comprendido, ya estaría hecho, y ella dejaría de pasar por aquella situación embarazosa una y otra vez.

En aquel momento, sería fácil creer que nada había pasado la noche anterior, ya que Julian y ella estaban sentados a la mesa con otros asistentes a la boda. La cena de ensayo estaba terminando, y los camareros les estaban llevando los postres.

Julian le habían echado el brazo por el hombro y le sonreía con devoción cada vez que la miraba. Como actor, aquello le resultaba fácil. Para ella no lo era tanto, sobre todo porque Bree se desplazaba por el perímetro de la sala haciendo fotos y dedicándole sonrisas cómplices.

Ella le gustaba a él; él le gustaba a ella… ¿qué impedía que esa relación pública se convirtiera en privada? El himen: eso era lo que lo impedía.

Julian quería flirtear, tener sexo divertido. Desflorar a una mujer de treinta años no entraría dentro de su planes.

Un camarero le puso delante un postre consistente en una copa de vino caliente con trocitos de melocotón cubiertos con helado de vainilla que se estaba deshaciendo. Tenía un aspecto estupendo, y la idea de probarlo fue suficiente para animarla. Debía representar el papel de una novia feliz, con independencia de lo que hubiera entre ambos.

—Tiene muy buena pinta —dijo Julian inclinándose para observar el postre.

—¿Tú no tomas postre? —preguntó ella, a pesar de que ya sabía la respuesta. Solo trataba de que la conversación fluyera.

Él negó con la cabeza y bebió un trago de agua. Había cenado verduras al horno.

—Que me desafiaras a tomarme la tartaleta de arándanos no significa que haya echado por la borda mi estilo de comer sano.

—¿Quieres probarlo? Ya sé que no quieres ser el primero, pero tal vez quieras el último bocado. No pudo evitar lanzarle esa indirecta de forma velada para que los demás no pudieran seguir los detalles.

Él la miró sorprendido, pero sonrió.

—Que conste que no me importa tomar el primer bocado. Pero me siento culpable si lo hago porque sé que no podré tomarme todo el postre.

—Estoy segura de que no se ofenderá. Solo quiere que se lo tomen mientras está caliente y jugoso. Dentro de poco se habrá enfriado y no estará tan bueno.

—Francamente, lo dudo. Sé que rechazar la invitación de anoche fue un error. Al llegar al hotel tuve que pasarme dos horas en el gimnasio.

Ella lo miró a los ojos.

–¿Te sentías culpable?

Él asintió.

–Tenía un poco de energía acumulada cuando te dejé. Quince kilómetros en la cinta rodante me ayudaron, pero me seguía sintiendo fatal al acabar.

–Puedes correr lo que quieras, pero en una cinta rodante no vas a alejarte de los problemas.

–Sabias palabras –dijo él–. El ejercicio me ayuda a pensar. Aunque solo sea eso, se me aclaran las ideas.

Gretchen entrecerró los ojos y el corazón le dio un vuelco.

–¿A qué te refieres?

–Me refiero a que tenemos que hablar.

Ella puso los ojos en blanco y volvió a concentrarse en el postre.

¿Hablar? Ella ya había hablado mucho. Agarró la cuchara y la sumergió en el vino. Se detuvo cuando él se inclinó hacia ella.

–Pronto –le susurró al oído. A ella le tembló la cuchara, que sostenía en la mano a medio camino entre la copa y la boca–. No sé cuándo, pero pronto. No te preocupes porque el postre se quede sin comer.

Gretchen respiró hondo. De repente, había perdido el apetito. La idea de estar desnuda frente a él a corto plazo la había dejado sin ganas.

– Julian –dijo una de las damas de honor–, ¿estáis preparados para la fiesta de esta noche?

Julian se irguió en la silla y dedicó su encantadora sonrisa a quienes estaban sentados con ellos.

–Desde luego. He planeado una noche estupenda para los chicos.

Otra de las mujeres presentes lanzó a su acompañante una mirada de advertencia.

–Intenta limitarte a un solo baile de regazo, por favor.

El hombre rio.

–¿Por qué? No soy yo quien se casa mañana. ¿Temes que caiga en la tentación de lo que me ofrezcan?

La mujer negó con la cabeza.

–No, me preocupa que le dejes el cheque del mes en las bragas y vuelva a mí sin blanca.

–Si lo hago, tal vez Julian me ayude. Me han dicho que ganaste quince millones con tu última película. ¿Es cierto?

Gretchen notó que Julian se ponía rígido a su lado. Por primera vez desde que lo conocía, era él quien estaba nervioso. Ya había mencionado varias veces que la gente se le acercaba a pedirle dinero. Aquel tipo ni siquiera conocía a Julian. Si pretendía gastarle una broma, no tenía gracia. A Gretchen no le gustó ver a Julian reaccionar así.

–¿Y cuánto dinero exactamente ganaste tú el año pasado? –preguntó ella antes de que Julian pudiera responder.

El hombre abrió mucho los ojos ante el tono cortante de sus palabras e inmediatamente levantó las manos en señal de rendición.

–Perdona, era una broma. Si yo ganara tanto, lo proclamaría a los cuatro vientos.

–Y todos, incluyendo Hacienda y, en una cena

de ensayo, un tipo al que no conoces, estarían llamando a tu puerta reclamando su parte –replicó ella.

Dio la impresión de que aquel hombre, alto y corpulento, deseaba que se lo tragara la tierra.

–Voy al bar a por una copa –dijo al tiempo que se levantaba.

El resto de los presentes se pusieron a hablar entre sí para evitar la incómoda situación que se había creado.

–Grrr… –Julian se inclinó hacia ella y le gruñó al oído–. No sabías que fueras una tigresa.

Gretchen rio.

–Yo tampoco. Pero no podía estarme callada. Que seas una figura pública no implica que lo que ganas sea asunto de ese hombre.

Julian sonrió.

–De todos modos, no es tanto como parece. No me malinterpretes: gano mucho. Pero cuanto más a lo grande vives, más gastos tienes. La hipoteca de mi casa de Beverly Hills asciende a casi treinta mil dólares al mes.

Gretchen estuvo a punto de atragantarse con el sorbo de vino que acababa de dar.

–Eso es una barbaridad.

–Así son las propiedades inmobiliarias en California. Añádele los elevados impuestos inmobiliarios y el seguro, la seguridad, el personal… Hacienda se lleva una buena tajada; después, Ross; y después, mi contable.

–¿Debo devolverte el collar?

–Claro que no. No viviría en una casa de cinco

millones de dólares si no pudiera permitírmelo. La vida tiene otra escala cuando vives así.

Gretchen negó con la cabeza y abrió el bolso para sacar el teléfono móvil. Se estaba haciendo tarde. Aunque estaba disfrutando de la cena y sentía curiosidad por acabar la conversación con Julian, debía volver a terminar de preparar el salón de baile para el día siguiente.

–Me marcho.

Julian frunció los labios y ella quiso besárselos, pero se contuvo. En lugar de ello, lo besó en la mejilla.

–Pásatelo bien con los chicos esta noche. No dejes que Murray beba mucho. Así no tendrá resaca mañana.

–A sus órdenes. Te acompaño a la puerta.

–No, no –insistió ella empujándolo para que volviera a sentarse–. Esta noche te debes a Murray.

Gretchen se levantó. Él le agarró la mano y se la llevó a los labios para depositarle un apasionado beso. Un ardiente cosquilleo subió por el brazo de Gretchen e hizo que se sonrojara.

–Hasta pronto –dijo él, haciendo hincapié en la última palabra. Era la misma que había empleado antes, cuando estaban hablando de la relación física entre ambos.

Ella retiró la mano e intentó ocultar su reacción con una sonrisa.

–De acuerdo. Buenas noches.

Gretchen le hizo un gesto de despedida a Murray y Kelly antes de marcharse. Hasta que no salió no se dio cuenta de que a todas las habían llevado hasta allí en una limusina, incluso a Bree. Negó con la cabeza, pidió un taxi por teléfono y esperó pacientemente en la calle hasta que llegó.

No le importó. Necesitaba respirar aire fresco para apagar el fuego que Julian habían encendido en su interior con tanta facilidad.

Julian decidió que ya tenía bastante de la fiesta de despedida de soltero. Había cumplido con su deber de montarle una gran despedida a Murray, con alcohol, señoritas muy ligeras de ropa y billar, pero no era ahí donde quería estar, sobre todo después de la conversación con Gretchen durante la cena de ensayo.

No había dejado de recordar el momento al lado del coche de ella desde que se había producido. Se había imaginado muchas razones que justificaran que ella dejara de besarlo, pero no que nunca hubiera estado con un hombre. En los tiempos que corrían, era algo inaudito.

Era cierto que él no había reaccionado bien, por lo que se sentía fatal. Apenas había dormido esa noche pensando en lo mal que había reaccionado ante la confesión.

Ser el primer amante de una mujer era una gran responsabilidad. Cuando tenía dieciséis años no pensaba así, y recordaba al menos a una chica cuya primera vez había distado mucho de ser estelar a causa de él.

Ya era una persona adulta y un amante experimentado. Bastante malo era ya que, debido a las películas, tuviera fama de ser un donjuán. Añadirle a eso que tuviera que enfrentarse a la delicada tarea de la primera vez de una mujer le oprimía el pecho.

Gretchen le había dado a entender que se alegraría de librarse de la carga de la virginidad, que le haría un favor. Y era indudable que él la deseaba. Pero ¿no sería egoísta hacerle el amor? ¿No era horrible arrebatarle la virginidad y, después, volver a Los Ángeles, aunque ella se lo hubiera pedido?

La mera idea le parecía sórdida.

Hablando de sordidez, una mujer en tanga y corsé se le estaba aproximando. Llevaba muchos billetes en el tanga y una capa de brillo en la bronceada piel. La mujer le puso al cuello una boa de plumas para atraerlo hacia sí. Julian, después de dejarle unos cuantos dólares en la cadera, le indicó que volviera con el novio. Era Murray, y no él, quien merecía sus atenciones esa noche.

Consultó el teléfono móvil para ver si había mensajes. No quería que hubiera pasado nada en casa de sus padres, pero eso le daría una excusa para marcharse. Murray y él habían sido compañeros de habitación en la universidad, por lo que lo sabía todo sobre la familia de Julian y la forma en que podía surgir un imprevisto.

Por suerte, todo iba bien, pero, por desgracia, solo eran las diez y unos minutos. ¿Era demasiado pronto para irse? Suspiró y guardó el teléfono. Probablemente. El cubano ni siquiera había terminado de hacer los puros.

Entonces, su mirada se cruzó con la de Murray.

Su amigo, sonriendo, negó con la cabeza. «Vete», leyó en sus labios, antes de que se volviera hacia la rubia que reclamaba su atención.

Era lo único que Julian necesitaba. Se levantó y se dirigió hacia la salida tratando de no llamar la atención. Cuando llegó a la calle, se montó en el coche, dentro, mandó un mensaje a Gretchen.

«¿Dónde estás?».

Mientras se calentaba el motor, recibió la respuesta: «En el salón de baile, colgando setenta mil colgantes de cristal. ¿Te vienes?».

Julian dejó el teléfono, salió del aparcamiento y volvió a Desde este Momento. El pequeño sedán verde de Gretchen era el único coche que había en el aparcamiento. Parecía que sus socias ya se habían ido.

Se dirigió directamente al salón de baile, sin embargo, no la vio, aunque era evidente el trabajo que había hecho. El salón había cambiado por completo desde el día anterior.

—Espera a que todas las luces y las velas estén encendidas —dijo Gretchen entrando con una caja en los brazos.

—Tienes mucho talento.

Ella resopló y pasó a su lado para dejar la caja en el escenario, donde la banda de música se instalaría por la mañana. Seguía llevando el vestido de color púrpura con el que había ido a la cena, pero estaba descalza, ya que se había quitado los zapatos para estar más cómoda.

—Eres muy amable, pero se trata de unas mesas, no un cuadro de Picasso.

Julian se acercó a ella por detrás mientras desempaquetaba pequeños regalos para los invitados, que colocaría en las mesas. Cuando se incorporó, él la abrazó por la cintura y la apretó contra sí. La suave curva de sus nalgas oprimió su deseo, lo que hizo que se olvidara de todos los motivos por los que no podía estar con Gretchen.

¿Y si pudiera darle algo sin quitarle nada? Sería necesario que recurriera a toda su fuerza de voluntad para contenerse, pero lo deseaba tanto...

—He pensado mucho en la conversación que tuvimos en la cena.

Gretchen lanzó un grito ahogado, aunque él no supo si se debía a lo que había dicho o a su evidente deseo de ella.

—¿Y?

—Y me ha hecho reflexionar —la fue besando debajo del lóbulo de la oreja entre frase y frase—. Dices que eres virgen, pero ¿no has tenido nunca un orgasmo?

Gretchen se echó a reír.

—Claro que sí. Aunque sea virgen, soy una mujer adulta, capaz de satisfacer mis necesidades cuando hace falta.

Esa vez, fue Julian quien rio. Siempre le sorprendía, sobre todo por su sinceridad incluso frente a preguntas delicadas.

—¿Alguien te lo ha provocado?

—No.

—Me gustaría hacerlo.

Ella se estremeció cuando él volvió a besarla en el cuello.

–¿Ahora mismo?

No era el sitio ideal, pero ¿por qué no?

–Sí, ahora mismo.

Julian deslizó la mano por su torso hasta el bajo vientre. Después siguió hasta la cadera y continuó descendiendo hasta alcanzar el muslo desnudo. Le subió el dobladillo del vestido unos centímetros para acariciarle la piel. Entonces, se detuvo.

–A no ser que prefieras esperar.

Tras una leve vacilación, Gretchen arqueó la espalda y presionó la curva de las nalgas contra su excitada masculinidad.

–Creo que haber esperado veintinueve años es más que suficiente, ¿no te parece?

–Sí.

Julian la volvió hacia él. A pesar de su atrevida afirmación, notó que estaba ansiosa. Se mordía el labio inferior y lo miraba desafiante al tiempo que lanzaba miradas nerviosas a la puerta.

Inclinó la cabeza y la besó. Ella comenzó a relajarse ante una actividad ya conocida y le rodeó el cuello con los brazos. Le acarició la lengua con la suya, y él lanzó un gemido. Julian pensó que preocuparse únicamente del placer de ella le iba a resultar difícil, pero lo haría. Estaba resuelto a hacerlo.

La abrazó por la cintura para atraerla hacia sí y la condujo hacia el escenario. Cuando ella tocó con las pantorrillas la plataforma de madera, él la empujó suavemente para que se sentara. Dejó de besarla y se arrodilló ante ella, que lo miró con los ojos como platos cuando le puso las manos en las rodillas desnudas.

Sin dejar de mirarla a los ojos, le separó las piernas lentamente hasta que tuvo espacio para moverse entre ellas. Le deslizó las manos por los muslos para subirle el vestido y se detuvo justo antes de dejarla expuesta por completo. Notó que se tensaba bajo sus manos, así que cambió de táctica. Quería que estuviera totalmente relajada.

Volvió a besarla para distraerla con los labios y la lengua mientras le bajaba los tirantes del vestido. Estos descendieron con facilidad, dejándole el sujetador al descubierto. Él sostuvo un seno con la mano y le acarició y juguteó con el pezón por encima de la tela negra. Ella gimió en su boca, y su reacción lo incitó a dejar de besarla para introducirse el pezón en la boca.

Gretchen echó la cabeza hacia atrás al tiempo que un grito de placer se escapaba de sus labios, que rebotó en el gran salón de baile y fue música para los oídos de Julian. Continuó acariciándola con la boca a través de la tela al tiempo que le metía la mano debajo de la falda. Le acarició con los dedos su centro más sensible. Ella ahogó un grito y levantó las caderas hasta separarlas de la plataforma.

Julian la empujó suavemente hasta tumbarla. Ella protestó, pero él no deseaba que estuviera observando, nerviosa, todo lo que le hiciera.

—Túmbate, cierra los ojos y disfruta —le dijo para calmarla.

Comenzó quitándole las braguitas. Después se agachó para besarla desde la parte interna de los tobillos hasta la de los muslos. Dejó que ella sintiera su aliento caliente en el centro de su femineidad.

Ella se retorció anticipando lo que sucedería. Sin previo aviso, le tocó la carne con la lengua. Gretchen gritó y se intentó aferrar inútilmente al suelo del escenario. Julian le dio unos segundos para que se recuperase antes de volver a hacerlo. Le separó más los muslos para dejarla más expuesta. Comenzó a acariciarla con los dedos y la lengua sin dejar de pensar que debía hacerla alcanzar el clímax.

Los gritos y gemidos femeninos eran una melodía que lo animaba a continuar. Cuando subieron de tono e intensidad, supo que ella se estaba acercando. Tenía los muslos tensos, como si fueran de acero. Redobló sus esfuerzos hasta que un desesperado «¡sí, sí!» llenó la estancia.

Le introdujo un dedo con suavidad sabiendo que eso la llevaría al límite. Sintió que los músculos femeninos se aferraban a él y, medio segundo después, explotó. Gritó y se retorció mientras él seguía acariciándola con la lengua.

Hasta que ella no cayó de espaldas con los muslos temblorosos, no se separó de ella. En la enorme sala solo se escuchó su respiración entrecortada mientra él le bajaba el vestido y se sentaba sobre los talones.

Unos minutos después, Gretchen se irguió para mirarlo. Estaba sofocada y tenía los ojos vidriosos, pero sonreía. Él sintió un dolor en el pecho al mirarla. La mujeres siempre le habían exigido mucho. Gretchen parecía conformarse con un gesto mínimo.

–Creo –dijo ella finalmente– que nunca volveré a mirar este salón con los mismos ojos.

Capítulo Siete

–Llévame al hotel, Julian.

La mirada de Julian se cruzó con la de Gretchen. Había en los ojos masculinos un deseo que ella no pudo pasar por alto. Sin embargo, él titubeó y tragó saliva antes de hablar.

–¿Estás segura?

–Sí.

No había estado más segura de nada en su vida. No era tan estúpida como para creer que aquella relación duraría más allá del fin de semana o que ella sería algo más que un leve recuerdo en la mente de Julian, pero no podía dejar pasar aquella oportunidad.

–A menos que no quieras –añadió en voz baja.

Julian puso los ojos en blanco, la tomó de la mano y tiró de ella para levantarla del escenario.

–Claro que quiero. No te haces una idea de cuánto. Pero no sé si debo. No puedo prometerte nada.

Gretchen lo miró y negó con la cabeza.

–Lo único que quiero que me prometas es una noche de sexo apasionado y con los suficientes orgasmos para que me duren hasta que aparezca otro hombre.

Él sonrió.

—Te lo prometo –le aseguró él con un brillo malicioso en los ojos.

Salieron de la capilla tan deprisa que ella apenas tuvo tiempo de agarrar los zapatos y apagar las luces.

¡Estaba a punto de tener sexo! La idea la excitaba y aterrorizaba a la vez

Mientras recorrían el pasillo del hotel de la mano, Gretchen sintió que el corazón iba a salírsele por la boca. Al otro lado de la puerta le esperaba aquello con lo que llevaba fantaseando desde los dieciséis años.

—¿Quieres una copa de vino? –preguntó él mientras entraban en la suite.

Ella negó con la cabeza.

—No, preferiría que nos pusiéramos a ello.

Julian frunció el ceño al tiempo que se cruzaba de brazos.

—Gretchen, no se trata de una carrera a toda velocidad, sino de un maratón.

—Ya lo sé –contestó ella.

Julian bajó los brazos y se le acercó. Se detuvo justo antes de que se rozaran. Le puso las cálidas y grandes manos en los brazos desnudos y se los frotó a un ritmo tranquilo.

—Relájate. Disfruta. A menos que cambies de opinión o que el hotel comience a arder, te garantizo que va a suceder.

Gretchen soltó el aire que había estado reteniendo sin darse cuenta. Con el aire se fue también la tensión de sus músculos.

—Perdona, tienes razón. Es que estoy tan…

Los labios de Julian se posaron en los de ella e impidieron que siguiera hablando. Ante su contacto, la inquietud de Gretchen desapareció. Se derritió en sus brazos y se apretó contra el duro cuerpo que no lograba quitarse de la cabeza. Ni siquiera se puso tensa cuando oyó el sonido de la cremallera deslizándose hacia abajo por su espalda. La caricia de la lengua de Julian y sus dedos, que le apretaban la carne, hicieron que su cuerpo se derritiera como la mantequilla.

Él le bajó los tirantes del vestido y del sujetador y comenzó a besarla desde el cuello hacia abajo. Le miró los senos con deseo antes de inclinar la cabeza para probar la carne que amenazaba con salirse del sujetador.

Con el vestido abierto por la espalda, Gretchen sintió que se le iba escurriendo hasta la cintura, pero no cedió al deseo de detenerlo. Todo le indicaba que a Julian le gustaba lo que veía. Esa noche se quitaría toda la ropa, por mucha ansiedad que le produjera.

Él extendió los brazos por detrás de ella para desabrocharle el sujetador, que le quitó y dejó en una silla cercana, y rápidamente cubrió su desnudez con las manos y la boca. Ella cerró los ojos cuando él se llevó un pezón a la boca. La recorrió una descarga de placer y le comenzaron a temblar las piernas.

Estaba tan ensimismada en el momento que le pilló totalmente desprevenida que Julian la levantara en vilo. Lanzó un grito de sorpresa, le rodeó el cuello con los brazos y la cintura con las caderas.

–Te vas a hacer daño en la espalda –dijo ella mientras se le aferraba.

No era una modelo esquelética. ¡Cómo si él no se hubiera dado cuenta con ella medio desnuda en brazos!

Julian la miró con los ojos entrecerrados.

–Gretchen, incluso si tengo un mal día puedo levantar el doble de tu peso cuando hago pesas, así que deja de preocuparte. Te voy a llevar al dormitorio para poseerte como es debido, ¿de acuerdo?

Ella cerró los ojos y ocultó el rostro en su cuello. No iba a consentir que sus estúpidas inseguridades le arruinaran aquel momento. Él le pasó un brazo por la cintura y le agarró una nalga con el otro por encima del vestido. Ella notó que la palpaba de forma extraña.

–Eres una niña mala –le susurró mientras echaba a andar hacia el dormitorio.

–¿Qué? –ella no sabía de qué le hablaba.

–No te has vuelto a poner las bragas.

Gretchen se enderezó, lo miró con los ojos muy abiertos y lanzó un grito ahogado.

–¡Dios mío! Me las he dejado en el suelo del salón de baile.

Él se echó a reír y negó con la cabeza sin dejar de caminar hacia la habitación.

–Pues alguien se va a llevar una sorpresa por la mañana temprano.

Gretchen se imaginó que Bree o Natalie las hallaban a la mañana siguiente. ¡Qué vergüenza! Después, Julian la dejó en la cama y su espalda desnuda entró en contacto con el suave edredón.

Vio cómo él se desabotonaba la camisa, se la quitaba y dejaba al descubierto sus famosos músculos. ¡Qué hermoso era! Su cuerpo parecía el de una escultura de Miguel Ángel, como si cada músculo lo hubieran esculpido en mármol de color carne con un cincel.

Ella mantuvo fija la mirada en las manos masculinas mientras él se desabrochaba el cinturón, se bajaba la cremallera de los pantalones, se quitaba los zapatos y se quedaba desnudo. Dio un paso hacia ella.

–¿Y bien? –le preguntó después de darle unos segundos para que admirara cada centímetro de aquella gloriosa vista–. ¿Crees que serviré?

Gretchen soltó una nerviosa carcajada. Julian era hermoso, tenía el cuerpo duro como una piedra y estaba muy excitado. Cualquier duda que hubiera tenido sobre si lo atraía se evaporó para ser sustituida por la ansiedad ante la longitud de su masculinidad. Disimuló los nervios con una sonrisa y una señal de asentimiento.

–Creo que sí.

Él se acercó a la cama y la agarró por la cintura. Le tiró del vestido para quitárselo y dejarlo en el suelo. Después, miró su cuerpo desnudo.

Gretchen respiró hondo y resistió el deseo de taparse. En lugar de eso, levantó la mano y dobló el índice para indicarle que se le acercara.

Él no titubeó. Cubrió el cuerpo femenino con el suyo y su ardiente piel entró en contacto con la de ella. Su firme masculinidad la oprimió el muslo, urgiéndola a abrirse a él. Y ella lo hizo. Él se deslizó entre sus piernas y allí permaneció. Ella notó la punta de su masculinidad, pero él no empujó. Aún no.

En lugar de ello, se concentró en sus senos, masajeándolos, lamiéndolos y mordisqueándole los pezones hasta hacerla arquearse. Con un pezón en la boca. bajó una mano por su estómago y sus dedos buscaron, como había hecho en la capilla, su centro más sensible. Lo acarició en círculos hasta que la excitación de ella aumentó.

Le introdujo un dedo y lo metió y sacó por el tenso conducto mientras con el pulgar le acariciaba el vértice. Ella experimentaba sensaciones intensas y trataba de mantener los ojos abiertos. Sin embargo, por mucho que lo intentaba, se le cerraban para saborear mejor las sensaciones.

Él le introdujo otro dedo más para hacer más ancho su cuerpo, lo cual aumentó el deseo en el vientre femenino. Sus dedos se acomodaron con facilidad dentro de ella, que estaba ansiosa y dispuesta a lo que tuviera que ofrecerle.

Fue entonces cuando él se retiró. Gretchen abrió los ojos a tiempo de ver que buscaba algo al lado de la cama: un condón. Se lo puso con rapidez y volvió a la cama. Le dobló las rodillas y le levantó las piernas para que se abriera más a él.

La miró con una curiosa expresión en el rostro. Después se inclinó sobre ella y la besó. Gretchen le rodeó el cuello con los brazos y se entregó a ese beso.

Él se balanceó hacia delante varias veces con movimientos lentos y cortos, frotando la punta de su erección contra ella y retomando lo que acababa de dejar hacía unos segundos. Ella sintió que volvía a estar cerca del orgasmo. Él aceleró el ritmo, frotando su sensible carne una y otra vez mientras ella gritaba cada vez más.

Gretchen notó que estaba a punto de volver a llegar al clímax, que la tensión acumulada estaba a punto de estallar.

–¡Julian! –exclamó ella al tiempo que se le aferraba al cuello–. ¡Sí, sí! –gritó al llegar al límite. Fue entonces cuando él la penetró con una rápida embestida. Placer. Dolor. Fue tan rápido que ella casi no se dio cuenta. Lanzó un grito ahogado, mezcla de sorpresa y alivio, mientras los últimos temblores del orgasmo le sacudían el cuerpo.

Julian se mantuvo inmóvil, a pesar de estar dentro de ella. Tenía los ojos cerrados y una expresión de dolor en el rostro.

–¿Estás bien? –preguntó ella.

Él frunció el ceño al mirarla.

–¿No soy yo quien debería hacerte esá pregunta?

–Supongo que sí, pero es a ti a quien parece que le duele algo.

Él negó con la cabeza.

–No me duele nada, solo intento contenerme un poco.

Salió lentamente de ella para volver a embestirla. El cuerpo de Gretchen comenzó a revivir con pequeñas punzadas de sensaciones, la mayor parte de ellas maravillosas.

–No te contengas. Hazme el amor, Julian, por favor.

Él asintió y volvió a embestirla. Esa vez fue él quien gritó. La sensación era maravillosa, pero Gretchen no cerró los ojos, ya que quería contemplar cómo reaccionaba él. Le encantaba ser capaz de proporcionarle placer, algo que no se había planteado hasta ese momento.

Las escasas molestias desaparecieron cuando los movimientos de él se aceleraron. Ella, atrevida, levantó las rodillas para acogerlo entre los muslos, cosa que le permitió penetrarla más profundamente. Ella gritó.

Julian lanzó un juramento junto a su mejilla, un sonido de aprobación que a ella le llegó a lo más profundo.

–Eres maravillosa, pero, si te sigues moviendo así, no voy a poder aguantar más.

–No te aguantes –lo animó Gretchen. Quería que perdiera el control por ella–. Como has dicho antes, tenemos toda la noche.

–En efecto.

Julian cerró los ojos y la embistió. En unos minutos, sus músculos se tensaron y comenzó a jadear. Ella lo observó mientras la embestía por última vez. Abrió la boca lanzando un sordo gemido y se estremeció de arriba abajo.

Ya estaba hecho. Era oficial: Gretchen había dejado de ser una virgen de veintinueve años. Julian rodó hacia un lado y cayó de espaldas en la cama, jadeando.

Gretchen se quedó donde estaba y sonrió mientras miraba el techo. Acababan de terminar, pero se moría de ganas de volver a hacerlo.

***

Un sonido conocido despertó a Julian de su sueño satisfecho. Abrió un ojo para mirar la pantalla del teléfono móvil, que se estaba cargando en la mesilla de noche. Era el último número que deseaba ver, sobre todo de madrugada, pero era el que llevaba esperando toda la semana.

Había tenido el presentimiento de que algo le había pasado a su hermano y, generalmente, daba en el clavo.

Se sentó en la cama a toda prisa, agarró el teléfono y contestó.

–¿Sí? –dijo con voz somnolienta.

–¿Señor Curtis? –dijo una voz femenina, empleando su verdadero apellido.

–Sí, dígame.

–Siento llamarlo tan tarde. Soy Theresa, de la Hawthorne Community.

Julian ya lo sabía antes de contestar.

–¿Está James bien?

Un titubeo, leve pero perceptible, precedió la respuesta.

–Está estable. Tiene neumonía y vamos a llevarlo al hospital para que esté en observación.

Julian luchó contra una confusa mezcla de sueño y pánico.

–¿Tengo que ir? ¿Se pondrá bien?

–No creemos que sea necesario que venga –contestó Teresa–. Ahora mismo se ha estabilizado. Vamos a ver cómo reacciona al tratamiento. Como ya tienes dificultades respiratorias, esto le pone las cosas más difíciles todavía.

–Lo sé. ¿Me llamarán en cuanto aprecien algún cambio?

–Sí, señor Curtis. Eso es lo que pone en la ficha de James. Por eso le hemos llamado tan tarde. Le notificaremos cualquier cambio médico importante que se produzca.

Julian asintió. Era lo que deseaba. Si pasaba algo, quería saberlo. No podía estar allí con su hermano, pero sí asegurarse de que tuviera los mejores médicos y el mejor tratamiento que el sueldo de un actor pudiera proporcionarle.

–Gracias.

La llamada finalizó. Julian dejó caer el móvil en el regazo y respiró hondo para expulsar el miedo que se había apoderado de sus pulmones. Era justo que, si James no podía respirar, él tampoco fuera capaz de hacerlo. Aunque las cosas no eran así en realidad. Julian estaba perfectamente. Estaba sano y se valía por sí mismo. No así James. Las llamadas constates a altas horas de la madrugada, a lo largo de los años, así lo demostraban.

–¿Julian? –la voz preocupada de Gretchen lo llamó desde la almohada–. ¿Va todo bien?

Lo invadió una oleada de miedo aún más potente que la que había sentido durante la conversación telefónica. Gretchen estaba en la cama con él y lo había oído todo. La situación podía volverse muy desagradable.

–Sí –dijo él con la esperanza de que no insistiera.

Había muy pocas personas que supieran lo que le pasaba a James; en realidad, prácticamente nadie. Y así quería que fuera. Lo único que le faltaba era que la prensa explotara la historia. James no quería la compasión de nadie. Convertirlo en un titular haría que millones de personas lo contemplaran como si le pasara algo.

Julian no deseaba que eso ocurriera. A pesar de todo, James siempre había querido llevar una vida normal. Estar en la Hawthorne Community se la había proporcionado. Tenía su propio piso, su propio ayudante y un grupo de profesionales que se ocupaban de él cuando lo necesitaba. Julian no quería arruinar lo que había conseguido.

Gretchen se incorporó en la cama y se inclinó hacia él.

—Para ser actor, mientes muy mal.

Julian se rio con suavidad.

—Las tres de la madrugada no es la hora en que mejor actúo —se volvió hacia ella, la besó levemente en los labios y no prestó atención a la preocupación que manifestaban sus ojos—. Vuelve a dormirte.

Esperaba que lo hiciera así, pero ella le pasó el brazo por los hombros.

—Julian, yo te he contado mi secreto y tú me has ayudado. Dime qué pasa y tal vez pueda ayudarte a cambio.

Él negó con la cabeza.

—Gretchen, si fuera tan sencillo como hacerte el amor, te lo contaría sin dudarlo. Pero esto no lo arregla ni tú ni nadie.

Julian volvió a poner el teléfono a cargar y se tumbó, con la esperanza de que ella hiciera lo mismo.

Ella lo imitó y apretó su cuerpo desnudo contra el de él apoyando la cabeza en su pecho. En condiciones normales, él hubiera vuelto a desearla y habrían vuelto a hacer el amor, pero otras preocupaciones le rondaban por la cabeza.

–Cuéntamelo –dijo ella–. Está oscuro y estamos medio dormidos. No tienes que mirarme mientras me lo cuentas. Quítate ese peso de encima. Te sentirás mejor.

Julian no le había hablado a nadie de aquello, salvo a Ross y a las personas que, como Murray, formaban parte de su vida antes de haberse convertido en una estrella. Pero esa noche, al abrigo de la oscuridad, quiso contarle la verdad a Gretchen. Ella no era como esas mujeres que buscaban una historia para venderla. Si había alguien a quien podía contárselo era a ella. No quería ocultárselo.

–Mi hermano está en el hospital.

–Lo siento. ¿Es grave?

–Por desgracia, todo es grave en el caso de mi hermano.

Era verdad. Un simple resfriado podía serle fatal, así que una neumonía…

–Cuéntamelo –insistió ella.

Él quería hacerlo, pero debía ser precavido.

–Si lo hago, júrame que no se lo contarás a nadie. Es fundamental que nadie lo sepa.

Julian sabía que ella no revelaría su secreto, pero tenía que decírselo y que se diese cuenta de lo grave que sería que lo hiciera.

—Tengo un hermano gemelo que se llama James.

—No sabía que tuvieras un hermano, y mucho menos que fuerais gemelos.

—Nadie lo sabe. Intento conservar en secreto mi vida anterior a mi llegada a Hollywood, por el bien de mi familia, que no desea estar bajo los focos. Y como mi hermano tiene muchos problemas, lo protejo mucho.

—¿Qué le pasa?

Julian suspiró. Eran tantas cosas… James nunca había tenido la oportunidad de llevar la vida verdaderamente normal que deseaba, por mucho que lo hubiera intentado y por muchos especialistas a los que hubiera consultado.

—Mi hermano tiene una grave parálisis cerebral. Los médicos dicen que se le dañó el cerebro en el útero o en el momento de nacer.

Gretchen no respondió. Él no estaba seguro de si era por la sorpresa o por querer que él se desahogara del todo.

—Se la diagnosticaron a los dos años. Durante los primeros meses de vida, mi madre se negó a aceptar que algo fuera mal y sostuvo que simplemente estaba tardando en andar a gatas más que yo, como si el hecho de que yo hubiera nacido dos minutos antes supusiera una gran diferencia. Lo acabó llevando al médico cuando no pudo continuar pasando por alto la disparidad entre los dos.

»El diagnóstico fue demoledor, pero lo peor fue no saber cómo le afectaría hasta que creciera. La gravedad de la parálisis cerebral varía mucho según el daño cerebral. Hay personas que tienen una larga vida normal, con pocas limitaciones. Era lo que esperaba mi madre, pero cuando mi hermano y yo estuvimos listos para ir al jardín de infancia, y los problemas de James se agravaron, a ella le resultó cada vez más difícil seguir siendo optimista. Lloraba mucho cuando creía que no la veía. James ya tenía que ir en silla de ruedas y necesitaba supervisión constante. Tenía un ayudante en la escuela que lo asistía durante todo el día.

»Las facturas médicas eran agobiantes. Aunque mi padre tenía un buen empleo con sustanciosos beneficios, no lo cubría todo. James sufrió varias operaciones y siguió distintos tratamientos. La parálisis cerebral no empeora, pero pueden hacerlo sus complicaciones. Mi hermano había tenido problemas para tragar y respirar desde que era un bebé. Estuvo a punto de morir asfixiado dos veces, y cuando llegaba la época de la gripe y los resfriados lo manteníamos en cuarentena para que no se contagiara. Al final, a los diez años, le tuvieron que hacer una traqueotomía.

»Conforme fue creciendo, fue empeorando. Ya no era un niño, sino un adolescente. Cosas sencillas como levantarlo de la silla y meterlo en la cama o bañarlo se volvieron más complicadas. Contratamos a una enfermera para que lo ayudara cuando estábamos en el instituto, pero, cuando llegó la época de ir a la universidad, mi madre no pudo soportarlo más. James había tenido una grave neumonía y tuvo que ser ingresado en el hospital. Los médicos nos dijeron que necesitaba mejores cuidados de los que le podíamos ofrecer y nos recomendaron que lo lleváramos a una institución estatal que estaba mejor equipada para tratarlo.

Gretchen habló, por fin.

—Tuvo que ser una decisión muy difícil para tus padres, para todos vosotros.

—No te haces una idea. Llevo toda la vida viviendo con sentimiento de culpa.

—¿De culpa? ¿Por qué te sientes culpable? No hiciste nada malo.

Julian le acarició el cabello.

—Yo estaba sano y era todo lo que él no era. Éramos idénticos, empezamos exactamente igual, pero algo fue mal, algo que yo podría haberle causado incluso antes de nacer. Es muy fácil sentirse culpable.

—¿Dijeron eso los médicos? ¿Te echaron la culpa directamente?

Julian se encogió de hombros.

—Si lo hicieron, mi madre no me lo contó. No habría importado, de todos modos. Yo salía con los amigos y hacía todo lo que él no podía. Que yo fuera a la universidad y él a un hospital fue muy doloroso. Y entonces, mi padre murió cuando yo estaba en primer curso. Además de a la pena, tuvimos que enfrentarnos al hecho de que la familia no tenía ingresos ni seguro. El seguro de vida de mi padre apenas daba para pagar la hipoteca y evitar que mi madre se quedara sin hogar. Había que hacer algo, así que dejé los estudios y me mudé a Los Ángeles.

—¿En serio?

—Una estupidez, ¿verdad? Estaba convencido de que conseguiría trabajar actuando y de que mantendría a mi familia. Podía muy bien haber acabado de camarero, pero conocí a Ross, que creyó que tenía posibilidades. Aunque a veces se porta como un cretino, consiguió que actuara en algunos anuncios y, después, en pequeños papeles en películas. Sin darme casi cuenta, los papeles comenzaron a ser más largos y acabaron por ofrecerme uno de protagonista. No triunfé de la noche a la mañana, pero solo tardé siete años en comenzar a cobrar cifras millonarias. No me entusiasmaban los papeles, pero me permitieron trasladar a James a una residencia privada, especializada en parálisis cerebral. Pude hacer un seguro para toda la familia y mandarle dinero a mi madre. Había conseguido mi objetivo.

–Es por eso –afirmó Gretchen.

–¿El qué?

–Por eso no aceptas otros papeles. Decías que te preocupaba fracasar y que tu carrera se resintiera. Pero no tiene nada que ver con tu ego, sino con mantener a tu familia.

Él suspiró.

–Sí, dependen de mí. No puedo hacer nada que ponga en peligro mi carrera ni arriesgarme a que alguien se entere de lo de James y lo convierta en titulares de la prensa sensacionalista.

Al decirlo, Julian se dio cuenta de que había puesto en peligro a su hermano por habérselo contado a Gretchen. Aunque ella no pensara decir nada, podían suceder cosas. Si Ross se enteraba, insistiría en que firmara un acuerdo de confidencialidad.

Julian pensó que no era ese el tipo de conversaciones íntimas que tenía en la cama, pero supuso que todo era distinto con Gretchen.

–Sé que me has prometido que no se lo contarás a nadie, pero para no dejar cabos sueltos y asegurar que mi hermano esté protegido, haré que Ross redacte un acuerdo de confidencialidad mañana. Sé que insistirá en ello. También me ocuparé de que se te añadan cinco mil dólares más a tu sueldo para compensarte por tu colaboración. No es culpa tuya que te haya hecho cargar con eso.

Notó que ella se ponía tensa. Después, alzó la cabeza para mirarlo.

–¿Hablas en serio?

Julian frunció el ceño.

–Así funcionan las cosas en mi vida, con contratos y compensaciones, incluso en mi vida personal.

Ella lo observó durante unos segundos mientras su cuerpo seguía tenso como una tabla. Por fin, le dijo:

–Firmaré ese estúpido acuerdo, Julian –afirmó en tono cortante, y él no supo en qué la había ofendido–. Pero no aceptaré más dinero.

Capítulo Ocho

En cualquier momento, alguien despertaría a Gretchen. Sentada frente al tocador, se maquillaba del modo que le habían indicado. Detrás de ella, extendido sobre la cama, se hallaba el vestido que llevaría a la boda como novia de Julian.

Llevaba años esperando ese momento, sin prever que acabaría en brazos de uno de los hombres más sexys del planeta. Gretchen seguía sin entender por qué la deseaba. A él le molestaba que se lo dijera, así que había dejado de hacerlo.

Lo único de lo sucedido en los días anteriores que la convencía de la realidad de todo ello era la conversación que habían tenido Julian y ella después de la llamada sobre James. Ella estaba muy emocionada por haber tenido relaciones sexuales por primera vez y porque Julian quisiera contarle algo personal. Después, él había comenzado a hablar de acuerdos de confidencialidad y, peor aún, de pagarle más para que no hablara de ello.

Cuanto más tiempo pasaban juntos, más fácil le resultaba olvidar que nada de todo aquello era verdad y que se le estaba pagando por su tiempo. La idea no le había hecho gracia desde el principio, pero, a medida que pasaban los días, le hacía todavía menos. Con el sexo añadido a la mezcla, empezaba a sentirse como Pretty Woman. Lo de pagarle más por su silencio había echado sal en la herida y le había recordado que estaba muy cerca de ser una prostituta.

—¡Puaj! —exclamó mientras terminaba de aplicarse el rímel y lo tiraba a la mesa con desagrado. Tenía que salir y distraerse con el caos de la boda para no seguir alimentando tales pensamientos.

Se miró al espejo y admiró el trabajo que había hecho. No estaba nada mal. Se había recogido el pelo en un moño, lo que le hacía el cuello más largo y el rostro más delgado, y eso era estupendo. Preveía que hubiera muchas cámaras, por lo que debía resultar convincente como novia de Julian, y una doble papada no contribuiría a ello en absoluto.

Como ya se había puesto la ropa interior, se puso el vestido que había elegido con Amelia. Lo último que se puso fue el collar que le había regalado Julian. El ópalo le quedaba muy bien en el escote y le llegaba justo debajo de las clavículas.

Se admiró en el espejo de cuerpo entero de la puerta del armario, asombrada de lo que veía. No era la Gretchen torpe y poquita cosa de una semana antes, sino una mujer segura de sí misma, radiante e incluso hermosa.

Estaba lista para salir y ser la chica de Julian, lo cual resultaba de lo más apropiado, ya que era la hora de irse. Tenía que volver a la capilla.

Le resultaba extraño no estar allí ayudando a las demás, pero ya había hecho su trabajo e incluso se había pasado esa mañana para recibir al personal de la floristería y recoger las bragas que había dejado la noche anterior. Ahora volvería como invitada.

Como Julian era el padrino, no podría ir a buscarla. Estaría en la habitación del novio, probablemente tomándose un whisky con Murray y ayudándole a ponerse la pajarita. Tenían que estar listos con antelación para que Bree pudiera hacerles fotos antes de la ceremonia.

Gretchen metió algunas cosas más en una bolsa de viaje que había preparado, por si acababa quedándose a dormir con Julian otra vez. Había metido los artículos de tocador, una muda y un negligé de encaje rojo que llevaba pudriéndose en el armario desde que se lo había comprado años antes. Se moría de ganas de que alguien más, aparte de ella, se lo viera puesto.

Después de meter todo en el coche, volvió a la capilla. En el exterior había multitud de fotógrafos. Como era de esperar, se había filtrado dónde tendría lugar la boda, pero no se les permitiría la entrada al interior.

Debido a la poca actividad exterior a causa del tiempo invernal, solo sacaban fotos de gente entrando y saliendo. El barato sedán de Gretchen no llamó la atención, por lo que pudo entrar sin problemas por la puerta trasera.

—¡Vaya!

Gretchen se detuvo ante la puerta de su despacho, donde iba a dejar la maleta. Se volvió y vio que Natalie la observaba desde el pasillo con expresión de admiración.

–¿Estoy bien?

Natalie asintió al tiempo que se acercaba a contemplar el vestido.

–Estás estupenda. Pareces, sin lugar a dudas, la novia de una estrella cinematográfica.

Gretchen sonrió de oreja a oreja. Creía que estaba guapa, pero ¿era suficiente? En opinión de Natalie, parecía que sí.

–Me gusta sobre todo cómo te resplandece el rostro. ¿Es el maquillaje o el haber hecho el amor toda la noche?

Gretchen la miró con los ojos como platos y se llevó la mano a la boca para indicarle que se callara.

–El maquillaje –respondió con una mirada cómplice–. Después te explicaré de qué marca es y cómo aplicártelo.

Natalie esbozó una sonrisa pícara.

–Desde luego que lo harás. El salón de baile está magnífico, así que relájate y disfruta.

–Lo intentaré.

Gretchen dejó sus cosas en el despacho y después recorrió el local comprobando que todo estuviera en orden. Todo estaba bien en el salón de baile. Las luces estaban perfectas y los arreglos florales le conferían un toque ideal. La tarta nupcial de Amelia era una obra maestra de ocho pisos que descansaba sobre un lecho de rosas blancas. Lo único que faltaba era que los camareros encendieran las velas y que los invitados entraran.

Cruzó el vestíbulo y entró en la capilla, donde halló a Julian, Murray y los acompañantes del novio haciéndose fotos con Bree y con un tipo que probablemente fuera de la revista que tenía la exclusiva del acontecimiento.

Gretchen sonrió cuando su mirada se cruzó con la de Julian. Estaba muy guapo de esmoquin, como si fuera a pasar una prueba para ser el próximo James Bond. Y era suyo, al menos de momento. Aunque su relación fuera a ser corta, era especial, y siempre la recordaría así.

Natalie entró detrás de ella en la capilla, esa vez a cumplir con su cometido.

–Muy bien, señores, tienen que volver todos a la suite, salvo los encargados de recibir y sentar a los invitados. Estos se quedarán conmigo para repasar por última vez las instrucciones.

Los hombres salieron. Julian besó a Gretchen en la mejilla al pasar, para no estropearle el carmín.

–Nos vemos luego, cuando estos dos se hayan casado.

–Te estaré esperando –dijo ella con una sonrisa, que intentó que fuera seductora. Julian suspiró y siguió contra su voluntad a Murray, lo cual demostró a Gretchen que había funcionado.

–Muy bien –gritó Natalie–. Ustedes vayan a las puertas a recibir a los invitados. Los músicos, por favor, que toquen el popurrí de piezas de cuerda para recibir al novio. Gretchen, que estos señores te indiquen cuál es tu sitio. Necesitan practicar.

Sin añadir nada más, salió de la capilla.

Gretchen se acercó a uno de los hombres con una educada sonrisa.

–¿Viene usted de parte del novio o de la novia?

–Del novio.

El hombre asintió, le entregó uno de los programas que ella había confeccionado, la tomó del brazo y la condujo por la nave hasta un asiento a la derecha. No estuvo sola mucho tiempo. Los invitados comenzaron a llegar en oleadas. Iba a ser una boda muy concurrida, por lo que la capacidad del local estaría al límite. Se ocuparían cada plaza del aparcamiento y cada asiento de la capilla, y los ocuparían las personas más importantes de Nashville.

La capilla se llenó inmediatamente. Gretchen trató de guardar la compostura cuando se sentaron a su lado varias estrellas de música country. Era extraño que eso no la hubiera sorprendido cuando estaba trabajando: al fin y al cabo, un invitado era un invitado. Pero al ser ella la invitada, le resultaba desconcertante estar sentada entre ellos. Tuvo que recordar que su acompañante era una estrella y que debía estar tranquila.

Los músicos dejaron de tocar las piezas de cuerda y atacaron la canción prevista para cuando entraran los padres de los novios, a los que siguieron el sacerdote y los amigos del novio. Julian la buscó entre la multitud y le guiñó el ojo al pasar a su lado, lo cual bastó para que a ella le latiera el corazón más deprisa.

Subieron al estrado y la música anunció la llegada de las damas de honor y, después, la de Kelly con su padre. Gretchen se puso de pie con todos los demás invitados cuando la novia recorrió la nave con un vestido que era un alarde de encaje y cristal, muy adecuado para una diva de la música country.

Cuando comenzó la ceremonia, Gretchen se perdió en sus pensamientos. Miró a Julian, que estaba al lado de Murray para entregarle el anillo, y también para sostenerlo si se desmayaba. Estaba tranquilo, a diferencia de Murray, que había comenzado a sudar y al que apenas se le entendió al pronunciar lo votos, debido a lo mucho que le temblaba la voz. Claro que Julian no era quien se casaba.

Ella se imaginó que seguiría igual de tranquilo en su propia boda. Aunque estuviera nervioso, recurriría a su formación de actor y desempeñaría el papel de novio seguro de sí mismo. Hablaría sin vacilar y su rostro solo expresaría amor y adoración, y la voz…

«¡Oh, no!», se dijo Gretchen dejando de pensar al instante. No podía seguir por ese camino. No era una chica ingenua que creyera que el hombre que le había arrebatado la virginidad la amaría para siempre, se casaría con ella y serían felices y comerían perdices. Sabía la verdad y la había aceptado, a pesar de la ridícula desviación que había tomado su cerebro.

Le gustara o no, era una acompañante pagada. Él no la miraría con adoración ni pronunciaría votos de ninguna clase.

Dio un suspiro y bajó la vista a su regazo fingiendo que examinaba el programa. Tal vez fuera bueno que su tiempo juntos estuviera a punto de finalizar, ya que cada vez le resultaba más difícil que su corazón no interviniera en el acuerdo con Julian. Era necesario que él tomara el avión para volver a Beverly Hills antes de que ella perdiera la batalla.

Julian estaba impaciente. Deseaba que acabaran la ceremonia y la sesión de fotos para volver a estrechar a Gretchen en sus brazos. Ella se había quedado al margen en la sesión de fotos, mirándolo con adoración, como le había pedido.

Su progresiva relación física había facilitado, desde luego, sus apariciones en público. Ninguno de los dos tenía que seguir actuando. Hacían lo que les parecía natural y el resultado era hermoso. Varias personas ya le habían preguntado por ella, y él no se había contenido a la hora de proclamar lo inteligente y hermosa que era y el talento que poseía.

Y era verdad.

Por fin, Julian acabó las tareas que le estaban encomendadas, salvo la de brindar por los novios en el banquete. Todos se dirigieron al salón de baile y ocuparon los lugares designados para recibir a la feliz pareja y presenciar su primer baile. Una vez hecho eso, tomaron asiento, cenaron y se relajaron.

La ronda de brindis se realizó mientras degustaban las ensaladas, por lo que Julian quedó libre para el resto de la noche. Las bodas eran agotadoras, eran producciones casi tan grandes como las películas que protagonizaba.

–Estás preciosa –le dijo a Gretchen.

Le resultaba difícil apartar la vista del cuello y los hombros de ella. Se moría de ganas de acariciárselos y dejar un reguero de besos en su piel desnuda.

Gretchen sonrió y se ruborizó.

—Gracias. Tú también estás muy guapo.

Él hizo un gesto desdeñoso con la mano. No le interesaba hablar de él esa noche, sino centrarse en ella.

—Me muero de ganas de sacarte a la pista de baile y alardear de ti frente a todos.

Gretchen se puso un poco tensa y lo miró con inquietud.

—¿A bailar? No habíamos hablado de ese tema. Bailo como un pato mareado.

—No será para tanto —apuntó él.

—No lo entiendes. Mi madre era bailarina profesional. Durante años, intentó enseñarme a bailar, pero, al final, afirmó que tenía la elegancia y la gracia de un rinoceronte con tacones.

Julian se estremeció. Era horrible decirle eso a alguien, mucho más a una hija pequeña. No era de extrañar que Gretchen llevara tanto tiempo creyendo que no era digna de la atención de un hombre.

—No vamos a bailar esa clase de baile —insistió—. Voy a abrazarte y nos dejaremos llevar por la música. Nada especial. La estimulación erótica del baile de salón.

—¿La estimulación erótica?

—Desde luego.

Julian conocía a muchos hombres a quienes no

les gustaba bailar, pero los consideraba imbéciles. Si supiesen lo que excitaba un baile lento, se apuntarían de inmediato a clases de baile.

Como si los hubiera oído, el director de la banda invitó a los asistentes a salir a la pista.

—Vamos allá —dijo Julian.

—¿No tienes que bailar con la madrina de la boda?

Él se volvió y observó que otro ya la había sacado a bailar.

—Creo que no. ¿No querrías ayudar a un caballero solitario?

Gretchen, nerviosa, le tomó la mano y le dejó que la condujera a la pista. Tocaban una canción lenta y romántica, lo que permitió a Julian aprovechar el momento. La abrazó por la cintura y la atrajo hacia sí. Ella tardó unos segundos en tranquilizarse, pero, al final, le rodeó el cuello con los brazos y respiró hondo para liberar la tensión.

—¿Lo ves? No es para tanto.

—Tienes razón. Y de no ser por los flashes frenéticos de las cámaras, creo que conseguiría relajarme.

Julian se encogió de hombros. Hacía mucho tiempo que había aprendido a desconectar. Para un actor, era difícil actuar si no conseguía dejar de prestar atención a la cámara que lo enfocaba, a las luces que lo iluminaban y al micrófono que colgaba sobre él. En realidad, solo había dos fotógrafos esa noche; los demás eran invitados sacando fotos, como en cualquier otra boda. Eran inofensivos.

—Todas las actividades de la semana han desembocado en este momento. Déjales que hagan fotos y que las publiquen en las revistas del corazón y te conviertan en un nombre muy conocido, si ese es el precio que hay que pagar porque hayas entrado en mi vida.

Gretchen ahogó un grito ante sus palabras. Él mismo se había sorprendido de su intensidad, pero había dicho lo que pensaba. A medida que transcurría el tiempo, se daba cuenta de que no podría olvidarse de aquello al volver a casa. No sabía cómo se las iban a arreglar ni si funcionaría, pero quería intentarlo. Sería un estúpido si dejaba escapar a una mujer tan dulce y cariñosa como Gretchen.

El momento era perfecto, como alguno de los que concebían los directores con los que había trabajado. La luz era tenue, aunque de vez en cuando los iluminaba un rayo. La música era suave y seductora y sus cuerpos se movían a su ritmo. Todas las curvas de Gretchen se apretaban contra él. Cuando ella le puso la cabeza en el hombro, fue como si el mundo dejara de existir. Los invitados, las cámaras… Le pareció que todo se hallaba a miles de kilómetros y que estaban bailando solos.

Sentía cosquillas en la piel y una enorme ligereza interior. Con Gretchen en sus brazos, se sentía capaz de cualquier cosa: de arriesgarse con aquel guion, de convertirse en un actor serio sin poner en peligro los cuidados a su hermano y de tener todo lo que quisiera, incluyendo a ella.

Solo habían sido unos días, pero debía agradecer a Gretchen el haberle abierto los ojos a otras posibilidades. Tenía la intención de hablar con

Ross a la mañana siguiente. Deseaba conseguir ese guion; necesitaba intentarlo. Tal vez no se lo dieran, o tal vez deseara no haberlo conseguido cuando la crítica lo dejara en mal lugar, pero tenía que intentarlo.

La canción terminó y Julian sintió que el hechizo se deshacía con las últimas notas. La noche sería más perfecta aún si Gretchen acababa en su cama. Quería que se marcharan antes de que algo pudiera interponerse en sus deseos.

–¿Estás lista para marcharte, Cenicienta? –le preguntó mientras abandonaban la pista.

–No sé –dijo ella frunciendo la nariz–. En el momento en que salgamos por esa puerta, todo habrá acabado, ¿verdad? Nuestra relación de fantasía se convertirá en calabaza a medianoche. Si marcharse significa que se ha acabado, no quiero irme, sino quedarme y bailar hasta que la banda deje de tocar.

Julian la atrajo hacia sí y la besó.

–No sé qué periodo de tiempo negoció Ross, pero me da igual. Si salimos de aquí, pienso llevarte a mi hotel y hacerte el amor toda la noche. Y lo seguiré haciendo hasta que me suba al avión y vuelva a Los Ángeles. No sé para ti, pero, para mí, lo que hay entre nosotros no tiene nada que ver con un acuerdo comercial.

–Para mí, tampoco.

Julian sonrió.

–Entonces, salgamos y te vienes conmigo.

Gretchen miró el salón débilmente iluminado y a la gente que bailaba o charlaba en las mesas.

–¿No es un poco pronto para que nos vayamos? ¿No tienes que hacer nada más en calidad de padrino?

Julian negó con la cabeza.

–Ya he terminado. Los veremos mañana por la mañana en el *brunch* de despedida.

Ella se mordió el labio, pero Julian supo que había ganado la partida por el brillo malicioso de sus ojos.

–De acuerdo. Voy a por la bolsa que he dejado en le despacho y nos vamos.

Julian la tomó de la mano y se abrieron paso para salir. Él iba deprisa, sorteando a los invitados. Se moría de ganas de quitarle el vestido a Gretchen. Esperó en el vestíbulo mientras ella iba a por sus cosas.

Entonces lo oyó: el tono especial del teléfono móvil de la residencia de su hermano. Se metió la mano en el bolsillo del esmoquin para agarrar el teléfono mientras rezaba en silencio.

–¿Sí?

–Siento tener que llamarlo de nuevo. Soy Theresa, de la Hawthorne Community. James ha sufrido un grave empeoramiento desde que hablamos la última vez. Los médicos creen que va a necesitar respiración asistida para que su nivel de oxígeno se mantenga lo suficientemente alto mientras se cura de la neumonía.

Se suponía que la traqueotomía resolvería sus problemas respiratorios, pero esa vez no había sido así.

–¿Qué significa eso? ¿Se pondrá bien?

—No lo sabemos. Lo hemos llamado para informarle. Su madre está con él y espera que pueda usted venir. ¿Cree que será posible?

—Sí. Estoy en Nashville. Llegaré dentro de unas horas. ¿En qué hospital está ingresado?

—En el hospital universitario. Le diré a su madre que vendrá.

—Gracias. Adiós.

Julian colgó y se volvió a meter el teléfono en el bolsillo. Volvió la cabeza en el momento en que Gretchen salía del despacho con el bolso y la bolsa de viaje.

—Gretchen… —detestaba tener que desbaratar sus planes, pero no tenía más remedio—. Lo de esta noche no va a poder ser. Me acaban de llamar por la situación de James, y me marcho ahora mismo a Kentucky.

Ella lo miró con expresión preocupada.

—¿Se pondrá bien?

Julian sentía tal opresión en el pecho que apenas podía hablar.

—No… No lo sé. Solo sé que debo marcharme. Lo siento mucho. No era así como había planeado que acabara la noche.

—Entonces, no dejemos que acabe así. Vámonos.

—¿Que nos vayamos? —preguntó él, confuso—. ¿Quieres venir a Kentucky conmigo?

Ella asintió sin vacilar.

—Desde luego —respondió ella. Se le acercó, lo besó en los labios y lo tomó de la mano para tirar de él hacia la puerta—. Vamos.

Capítulo Nueve

Julian odiaba los hospitales. Había pasado buena parte de su infancia en ellos mientras a su hermano le hacían pruebas o tratamientos. Tener agarrada de la mano a Gretchen le estaba haciendo las cosas más fáciles. No se había planteado llevarla con él hasta que ella se lo propuso, y fue entonces cuando se dio cuenta de que era justo lo que deseaba. Teniéndola con él se sentía más fuerte.

Quería presentársela a su familia y compartir esa parte secreta de su vida con alguien.

Al aproximarse a la sala de espera, oyó que su madre lo llamaba. Se volvió y vio que se dirigía hacia él con un café en la mano.

Su madre había sido, y para él seguía siendo, una hermosa mujer. El tiempo y el estrés la habían envejecido demasiado deprisa, pero aún conservaba la chispa de la mujer joven que había sido. Su cabello oscuro y ondulado ya era más gris que castaño, pero seguía teniendo la misma alegre sonrisa y sus ojos, de un azul grisáceo, se iluminaron al verlo. Julian había heredado sus ojos.

–¡Cuánto me alegro de que hayas podido venir! –le sonrió mientras se le acercaba y le daba un gran abrazo. Después se volvió hacia su inesperada acompañante. ¿Y a quién tenemos aquí?

—Soy Gretchen –dijo ella tendiéndole la mano–. Encantada de conocerla, señora Cooper.

Esta sonrió al tiempo que negaba con la cabeza.

—Es Curtis. Cooper es el apellido artístico de Julian, pero puedes llamarme Denise.

—Mamá, Gretchen y yo estamos saliendo.

Aunque solo hubiera sido durante una semana, era verdad. Para él, era algo más que una relación previamente convenida.

Su madre los miró de arriba abajo.

—Hemos interrumpido algo importante, ¿verdad? Parece que venís de una entrega de premios o algo así.

—De una boda que ya estaba acabando –explicó Julian–. ¿Te acuerdas de Murray, mi compañero de habitación en la universidad?

Su madre asintió.

—Sí, compré uno de sus álbumes para ponérselo a James. Eso explica por qué estabas en Nashville. Ha sido una suerte, aunque nunca es buen momento para esto –se pasó la mano por el cabello, que llevaba recogido en un moño.

—¿Cómo está James?

Ella se encogió de hombros.

—Cambia cada hora. Los médicos se mantienen a la espera con la esperanza de que el nivel del oxígeno en la sangre se recupere sin que haya que llevar a cabo más intervenciones, pero tal vez tengan que conectarlo a un respirador artificial. Les preocupa que, sin dan ese paso, tenga que seguir conectado de por vida. Es horrible. Con lo bien que estaba…

La señora Curtis negó tristemente con la cabeza.

–El viaje a Europa para que lo trataran con bótox le sentó muy bien. Pudo estirar las piernas y la escayola permitió corregir algunos de los problemas de alineamiento de las mismas. Teníamos la esperanza de que con la terapia adecuada pudiera llegar a andar, pero esto supondrá un gran retroceso. Siempre ha tenido problemas respiratorios.

Con el paso de los años, la naturaleza de la parálisis cerebral de su hermano había empeorado y los músculos infrautilizados habían comenzado a atrofiársele. Había sufrido múltiples operaciones y llevado a cabo años de terapia para alargarle los músculos, con la esperanza de que llegara a caminar o a llevar a cabo otras tareas de destreza por si solo, todo ello sin resultado.

El controvertido tratamiento con bótox no era legal en Estados Unidos, pero se habían arriesgado a ir a Europa para consultar a un médico que lo utilizaba. Les había costado una fortuna, pero a James lo había beneficiado tanto que el esfuerzo había merecido la pena.

–¿Podemos verlo?

Su madre se mordió el labio inferior, lo que a James le recordó a Gretchen.

–Las horas de visita han terminado, pero voy a ver si puedo hablar con alguien.

Su madre se marchó para volver al cabo de unos minutos con una sonrisa de satisfacción.

–Os dejan entrar, pero solo podéis quedaros cinco o diez minutos. Tendréis que volver mañana por la mañana. Está al final de la unidad, a la derecha. Os espero aquí mientras me tomo el café. Va a ser una noche muy larga.

–De acuerdo. Saldremos enseguida.

Julian la abrazó y Gretchen y él atravesaron la doble puerta de la unidad de cuidados intensivos. Rodearon el puesto de las enfermeras y fueron hasta el final. Julian respiró hondo y descorrió la cortina. Allí, en la cama, estaba su hermano gemelo. Era una imagen tan familiar que ni siquiera reaccionó como hubiera debido.

Su hermano abrió los ojos y esbozó una sonrisa torcida.

–Julian –fue un áspero susurro que acabó en un ataque de tos.

–No hables, James. Utiliza los signos.

Julian soltó la mano de Gretchen y se acercó a la cama. Agarró el puño de su hermano y le dio unos golpecitos. Los hermanos habían aprendido la lengua de signos cuando eran pequeños para que James pudiera comunicarse sin hablar. En aquel momento, les resultaría útil, ya que la traqueotomía le dificultaba enormemente el habla.

–Mamá dice que tienes problemas para respirar. ¿Has vuelto a fumar marihuana?

Su hermano sonrió ante la broma y negó con la cabeza.

–No puedo conseguirla. Me tratan mal estas enfermeras.

James resolló varias veces para tomar aire a través del tuvo que tenía en la garganta. Julian estaba cada vez más inquieto.

La mayor parte de los enfermos con una traqueotomía podía hablar tapando el tubo con el dedo o la barbilla. Como James poseía un control limitado de los brazos y las manos, no podía hacerlo, por lo que le habían ajustado la válvula en la tráquea para que inspirara el aire suficiente para susurrar entre toma y toma. Incluso así, tenía el habla limitada por el control de los músculos de la garganta y el rostro.

Solía hablar en la lengua de signos la mayor parte del tiempo, pero a veces decía algunas palabras. A Julian no le costaba entenderlo. Eran gemelos, y lo conocía perfectamente. Pero no podía ayudarlo.

—James, te presento a mi amiga Gretchen. Quería conocerte.

La cabeza de James estaba colocada hacia un lado, de manera poco natural, sostenida por una almohada. Dejó de mirar a su hermano para centrarse en Gretchen. Tenía el brazo pegado al pecho, pero movió los dedos hacia ella.

—Es guapa —dijo por signos.

—Sí, muy guapa.

—Está para comérsela —susurró James con una sonrisa.

De pronto, Julian y Gretchen soltaron una carcajada. A pesar de todo, James conservaba el sentido del humor. La enfermedad le impedía controlar el cuerpo, pero le había dejado la capacidad cognitiva intacta. Era un hombre inteligente y divertido. Y Julian se entristecía al pensar en lo que el mundo hubiera ganado si James hubiera nacido sano como él.

–Gracias, James –dijo ella ruborizándose ante el cumplido–. ¿Cómo te encuentras?

James se encogió de hombros. Julian pensó que probablemente no supiera lo que era encontrarse bien. Tenía días en que estaba estable y días malos, pero incluso los buenos eran difíciles para él. Eran aquellos en que se sentía lo bastante bien para pensar que se hallaba atrapado en un cuerpo que le impedía hacer lo que quería.

Un resuello muy fuerte resonó en el tubo de James, pero fue rápidamente ahogado por el agudo pitido del aparato que había al lado de la cama. Julian alzó la vista y observó que el porcentaje de oxígeno en la sangre parpadeaba en rojo.

Unos segundos después entró la enfermera y miró las pantallas.

–Tienen que marcharse. Vamos a conectarlo al respirador.

Llegaron otras dos enfermeras y un médico residente. Julian y Gretchen salieron. Al ver cómo manipulaban a su hermano, Julian se dio cuenta de que sus fantasías de hacer películas serias eran eso, fantasías. Una película independiente de bajo presupuesto tal vez consiguiera todos los premios en el festival de Sundance, pero con ella no pagaría las facturas de atención a su hermano ni los viajes a Europa para recibir tratamientos experimentales.

Su prioridad era conseguir que James tuviera la máxima calidad de vida posible. Su vanidad y sus necesidades artísticas eran secundarias.

–Será mejor que nos vayamos –dijo Gretchen tirándole del brazo.

Él la siguió contra su voluntad y salieron de la unidad temiendo el encuentro con la madre en la sala de espera para contarle la mala noticia. La pobre mujer llevaba casi treinta años sin recibir una buena noticia. Julian odiaba tener que añadir otra al montón.

Pero, además de darle la mala noticia, le haría la promesa de que él se haría cargo de todo, como siempre había hecho. Como siempre haría.

Eran casi las tres de la madrugada cuando entraron en la habitación de un hotel cercano al hospital. Gretchen no se tenía en pie, pero habían pasado demasiadas cosas para que pudiera dormirse. Notó que a Julian le pasaba lo mismo. Aunque se fueran directamente a la cama, se quedarían despiertos pensando.

Gretchen encendió las luces de la suite. Era una habitación moderna y decorada con gusto. Habían salido tan deprisa que él no había tenido tiempo de preparar nada. De pie al lado de la cama, se quitó en silencio la pajarita y el esmoquin. Gretchen notó que estaba distraído y preocupado.

En lugar de verlo desnudarse, agarró la bolsa para ir al cuarto de baño a cambiarse. Abrió la bolsa, miró en su interior y gimió. Por desgracia, cuando la había hecho tenía en mente una noche tórrida en el hotel de Julian. No contemplaba un desvío a Kentucky para ver a su hermano enfermo. La única prenda que tenía para dormir era el sexy negligé de encaje rojo.

Como no tenía otro remedio, se lo puso y se cubrió con el albornoz del hotel. Al volver al dormitorio, el traje de Julian estaba en una silla, pero él no seguía en la habitación. Lo halló en el salón, de pie frente al minibar, vestido solo con unos boxers, con un vaso de un líquido dorado en la mano.

–¿Estás tomando alcohol? –le preguntó. Era la primera vez que le veía beber algo que no fuera agua.

–Sí –respondió él mirando pensativamente el vaso–. Que mi entrenador me castigue luego por ello. Esa es la ventaja de no ser discapacitado. Necesito algo que anestesie lo que estoy sintiendo. Una botella de agua y una barrita de cereales no lo conseguirían.

Gretchen asintió. Odiaba verlo así, pero no había mucho que pudiera hacer. Se sentó en el sofá y le hizo un gesto para que se acomodara a su lado. Él se bebió de un trago lo que le quedaba en el vaso y lo dejó sobre el minibar antes de dejarse caer en los cojines. Sin decir nada, Gretchen se acurrucó contra él, que le pasó el brazo por los hombros y la atrajo hacia sí.

–Quiero hablar de algo que no sea mi hermano –dijo él, después de un largo silencio–. Cuéntame… –Julian titubeó–. Cuéntame como una mujer tan hermosa y tan llena de vida como tú puede ser tan inexperta y sentirse tan incómoda con los hombres.

¿Lo decía en serio? Era lo último de lo que Gretchen quería hablar, pero, si hacía que él dejara de pensar en James, se lo contaría todo.

Con el rostro ocultó en su pecho, comenzó a contarle la historia de su vida, muy poco interesante.

–Mi madre era bailarina de ballet. Estuvo de gira con su compañía varios años, hasta que se rompió un tobillo y lo dejó. Conoció a mi padre, un fisioterapeuta, mientras estaba haciendo rehabilitación. Ella era alta y delgada, educada en los clásicos, mientras que él era más bajo que ella y fornido, y solo sabía de fútbol. Pero, por alguna razón, encajaron.

»Se casaron y tuvieron tres hijas. Yo soy la mediana. Mis hermanas se parecen a mi madre. Son gráciles y muy habilidosas a la hora de seducir a los hombres. Yo he salido a mi padre. Siempre he sido regordeta y torpe. Me echaron del ballet de la escuela porque me caía encima de los otros niños. Decir que fui una decepción para mi madre es quedarse corta.

–¿Te dijo ella que la habías decepcionado?

–No, pero me presionaba para que fuera como mis hermanas. No me entendía en absoluto. Aunque no hubiera sido rechoncha y no hubiera tenido falta de coordinación, era muy tímida. Me sentía más a gusto con el arte y los libros que con los niños. No tenía mucho en común con el resto de la familia. Y cuando tuve la edad suficiente para salir con chicos, no sé… Supongo que me saboteé a mí misma. No me parecía que fuera guapa, y carecía de seguridad en mí misma, por lo que los chicos nunca se fijaban en mí. Era tan callada que nadie me veía ni me oía. Las cosas siguieron así y, al cabo de un tiempo, decidí que tal vez estuviera destinada a ser uno de esos artistas que sufren y están solos.

–Eso es ridículo –Julian se echó hacia atrás y le levantó la barbilla con el dedo hasta que ella no tuvo más remedio que mirarlo a los ojos–. Es imposible que una mujer como tú acabe sola. Eres hermosa, inteligente y apasionada, y tienes talento. Tienes mucho que ofrecer a un hombre, que deberá ser lo bastante inteligente para verte cuando otros no lo hacen. Reconozco que probablemente no sea yo. Siempre estoy viajando, siempre demasiado distraído para ver lo que tengo delante de las narices. Y si Ross no hubiera llegado a un acuerdo para que aparecieras tú, me hubiera perdido unos días maravillosos a causa de mi ceguera.

Gretchen se sonrojó, avergonzada. Quiso separarse de él y evitar su mirada, pero él no la dejó.

–Lo digo en serio. No sabes lo que significa para mí que estés conmigo esta noche. Siempre soy yo el que llega y arregla las cosas. Es muy agradable que, para variar, alguien me agarre de la mano y me apoye cuando lo necesito. Es muy duro ver cómo se deteriora la salud de James, pero que estés conmigo supone una gran diferencia.

–Me alegro de estar aquí. Nadie debería pasar por algo así solo.

Él la miro a los ojos y ella constató que se había quitado las lentillas. Los ojos de un azul caribeño que estaba acostumbrada a mirar habían adoptado el tono azul grisáceo. Ese color le sentaba mejor, y a ella le gustó verle sin esa fachada hollywoodense.

–Tienes un color de ojos muy bonito.

–No quedan bien frente a la cámara –dijo él, restando importancia al cumplido.

–Eso que se pierde.

Él la observó durante unos segundos antes de hablar.

–Gretchen, no quiero que esto se acabe.

El sorprendente giro de la conversación la pilló desprevenida. Se incorporó, separándose de él, y tardó unos segundos en responder.

–Yo tampoco, pero ¿qué remedio nos queda? Tú vas a volver a Los Ángeles y yo tengo mi vida y mi empresa en Nashville.

Él asintió, pero su forma de apretar las mandíbulas le indicó a Gretchen que no se daría por vencido fácilmente.

–Será complicado, pero quiero intentarlo. No puedo dejarte así. Dime que quieres estar conmigo sin contratos y sin fingirlo ante las cámaras.

Ella no daba crédito a lo que oía. Pero él hablaba en serio. Quería estar con ella, no porque su representante lo hubiera acordado ni porque estuvieran disfrutando de los beneficios de dicho acuerdo. Que una mujer como ella estuviera con un hombre como Julian era una fantasía hecha realidad. ¿Cómo iba a negarse, sobre todo porque bastaba con que la mirara para que sintiera una opresión en el pecho que casi la impedía respirar? No estaba deseando, desde luego, dejarlo marchar. Había tratado de que su corazón no interviniera en aquella situación a corto plazo, pero, a cada minuto que pasaba, se daba cuenta de que iba a perder la partida. ¿Sería posible que no tuviera que renunciar a él cuando su avión despegara el lunes?

—Quiero estar contigo, Julian —dijo ella con sinceridad—. No sé cómo vamos a arreglárnoslas, pero yo tampoco quiero que esto se acabe.

—Entonces, hagamos que no se acabe.

Se inclinó hacia ella y la besó en los labios. Continuó avanzando hasta que la tumbó sobre los cojines del sofá. Le desató el cinturón del albornoz, se lo abrió y se echó hacia atrás para admirar lo que había debajo.

—¡Madre mía! —exclamó mientras acariciaba el negligé de encaje rojo—. ¿Desde cuándo lo llevas puesto?

—Desde que hemos llegado.

—¿Y nos hemos puesto a hablar? Si llego a saber lo que tenías debajo del albornoz, habríamos buscado distracciones más placenteras que la de conversar.

Sus labios se unieron. A diferencia de la noche anterior, había menos ternura en los de él. Se notaba cierta tensión en ellos, y ella dedujo que era el estrés. Quería que se perdiera en ella y que se olvidara de todos los problemas.

Él deslizó la mano por la parte externa del muslo femenino, apartando el albornoz y rozándole el borde de encaje del negligé.

—¿Sabías —le preguntó mientras le acariciaba el estómago por encima de la tela— que el rojo es mi color preferido?

Ella sonrió y abrió las piernas para que se le acercara más.

—¿Ah, sí?

—Ahora sí.

Julian apoyó el rostro en su cuello al tiempo que le tiraba del escote del negligé hasta que lo senos le quedaron al descubierto para poder acariciárselos.

Ella aún no se había hecho a la idea de que ya era una mujer sexualmente activa. Le parecía que iba a tientas, pero estar con Julian lo hacía todo más fácil. Bastaba con que cerrara los ojos y llevara a cabo lo que le pidiera el cuerpo. Hasta entonces no se había equivocado, y a Julian, desde luego, le gustaba.

Levantó las piernas y las enlazó a las caderas de él para que el firme deseo masculino se aproximara más a la tela de satén que los separaba. Él gimió cuando entraron en contacto, y se frotó contra su punto más sensible.

Las diminutas braguitas que acompañaban el negligé apenas podían considerarse una prenda de ropa, él las agarró y tiró de ellas. Se desgarraron y las tiró al suelo.

Gretchen ahogó un grito y, después, comenzó a reírse. Por eso eran tan finas. Dejó de reírse bruscamente, cuando la mano de Julian las sustituyó.

Arqueó la espalda y comenzó a balancear las caderas ante las intensas sensaciones que sus caricias le provocaban. Era increíble la rapidez con la que él la llevaba al límite. Había aprendido cómo reaccionaba su cuerpo al cabo de solo unos cuantos encuentros.

Ella cerró los ojos con fuerza, a punto de alcanzar el éxtasis, cuando, de pronto, sintió aire frío en la piel. Abrió los ojos y vio que Julian se había separado de ella y que la observaba tumbado en el otro extremo del sofá.

Se quitó los calzoncillos y le hizo una seña para que se acercara.

—Ven aquí.

Gretchen se quitó el albornoz, agarró, nerviosa, la mano que él le tendía y cubrió el cuerpo masculino con el suyo.

—¿Qué estamos haciendo?

—Yo, nada —respondió él con una sonrisa astuta—. Voy a seguir tumbado y a observarte mientras tomas la iniciativa.

A ella se le desencajó la mandíbula. Habían pasado a una clase avanzada sin previo aviso. La idea de sentarse a horcajadas sobre Julian y tener sexo mientras él la observaba le puso nerviosa, pero la excitó. Supo de inmediato que lo deseaba y que podía hacerlo. Los nervios no la traicionarían.

Julian alargó el brazo hacia su neceser, que se hallaba en la mesita de centro, y sacó un preservativo.

—¿Quieres hacerme el honor?

Ella se lo quitó de la mano con determinación, lo abrió, se lo colocó y lo desenrolló lentamente a lo largo de su dura masculinidad. Julian soltó un silbido mientras las manos de ella lo acariciaban de arriba abajo. Tenía la mandíbula apretada y el cuerpo tenso. Fue entonces cuando ella se dio cuenta de que le gustaba estar al mando. Aunque le destrozara los nervios, era divertido.

Se puso de rodillas y Julian la guio en sus movimientos cuando descendió sobre él. Se movió muy lentamente hasta que su cuerpo se acomodó a él. Por fin se halló perfectamente sentada. El centro de su femineidad le latía y cosquilleaba como resultado de las caricias previas de él.

Se mordió el labio, le puso las manos en el pecho, se inclinó hacia delante y se balanceó hacia atrás una vez, para sondear las aguas. Era una sensación deliciosa, y a juzgar por el modo en que Julian le apretaba las caderas, lo estaba haciendo bien.

Gretchen lo repitió, esa vez más deprisa. Más confiada, adoptó un placentero ritmo mientras Julian mascullaba palabras de ánimo.

Él le acarició el tejido de seda y encaje del negligé mientras ella se movía y desplazó las manos hacia arriba hasta agarrarle los senos. Ella colocó sus manos sobre las de él y lanzó las caderas con más fuerza y a mayor velocidad.

–Julian –susurró mientras sentía que se acercaba el final.

–Sí, cariño –la animó él–. Déjate ir y llévame contigo.

Y ella lo hizo. Siguió moviéndose con entusiasmo renovado hasta que dejó salir libremente cada gramo de placer y cada emoción reprimida. En ese momento, no fueron las caricias de él ni sus propios movimientos las que la llevaron al límite, sino la calidez que sentía en el centro del pecho.

Nunca había experimentado esa sensación, pero supo lo que era. Como Julian y ella tenían un futuro juntos, se había permitido sentir aquello contra lo que había estado luchando. Fue el amor lo que la llevó al clímax al tiempo que gritaba el nombre de Julian y la invadían espasmos de placer. Él la siguió, después de haberla embestido una última vez. Ella lo miró y le puso la mano en el corazón hasta que los dos se quedaron inmóviles y en silencio.

Entonces, ella se derrumbó sobre él ocultando el rostro en su cuello al tiempo que aspiraba el olor al que tan rápidamente se había acostumbrado.

Era eso. El sexo estaba bien, pero era eso lo que de verdad llevaba veintinueve años esperando.

Capítulo Diez

La mañana del lunes era una realidad a la que ninguno de los dos quería enfrentarse. La enfermedad de James se estabilizó con la respiración asistida, y los médicos se mostraban muy optimistas con respecto al pronóstico. Lo sacaron de la unidad de cuidados intensivos, y la madre de Julian acompañó a Gretchen y a este hasta la puerta para despedirlos antes de que emprendieran el viaje de vuelta a Nashville.

La última noche que pasaron juntos fue sombría, porque los dos sabían lo que les depararía el día siguiente. Gretchen tenía que ir al trabajo para la reunión de los lunes, así que se levantó después de haber besado a Julian. Se prometido que volvería después de la reunión para despedirse de él como era debido, antes de que tuviera que salir para el aeropuerto.

Habían acordado dar a la relación una oportunidad, a pesar de la distancia, pero ambos sabían lo difícil que sería y lo distinto que resultaría de lo que habían vivido hasta entonces. A Julian le preocupaba cómo se las arreglarían. Tenía tiempo libre antes de comenzar a rodar la siguiente película, pero, si pasaba esas semanas en Nashville, Ross empezaría a quejarse, porque querría que estuviera en Los Ángeles para leer el guion, decidir su próximo papel y dejarse ver. Por desgracia, querría que lo vieran en la ciudad con una mujer, pero eso sería imposible.

Lo único que le hizo levantarse y vestirse esa mañana fue que Ross fuera a pasarse a verlo antes de marcharse a Nueva York para organizar algunas apariciones de Julian ante los medios de comunicación. Este hubiera preferido quedarse en la cama a esperar a que volviera Gretchen para poder hacerle el amor por última vez antes de marcharse.

Se estaba tomando un batido de proteínas cuando su representante llamó a la puerta. Julian le abrió y Ross entró, vestido con uno de sus caros trajes. Se dirigió al sofá y se sentó.

–¿Qué tal te ha ido con tu falsa novia? Las fotos que he visto eran muy convincentes. Buen trabajo. Sé que no te ha debido resultar fácil estar a la altura.

Julian no estaba seguro de lo que Ross quería decir, pero, por supuesto que habían resultado convincentes. Cada momento juntos había sido auténtico e increíblemente sencillo.

–De hecho, ha sido el papel más fácil que he tenido que desempeñar desde hace años. Después de los dos primeros días, dejé de actuar. Gretchen y yo hemos congeniado. Le he pedido que nos sigamos viendo.

La sonrisa de suficiencia se esfumó del rostro de Ross.

–¿Lo dices en serio?

Julian lo miró con cara de pocos amigos.

–Completamente. Es una mujer estupenda. Nunca he salido con nadie como ella.

Ross suspiró y se pasó la mano por la calva.

–Sé que fui yo quien lo organizó y que te dije que salir con una mujer normal y corriente favorecería tu imagen. Pero no era mi intención que fuera a durar.

–¿Qué más da que dure o no? Querías que estuviera con alguien y ya lo estoy. Debieras alegrarte.

–Con ella, no –se lamentó Ross–. Es…

Julian clavó los ojos en él, desafiándolo a insultar a Gretchen.

Ross lo miró y escogió las palabras con cuidado.

–Lo único que digo es que no es la clase de mujer que desearías que fuera de tu brazo cuando tengas que recorrer la alfombra roja en los Globos de Oro.

Julian lanzó un bufido de desdén.

–¿Y cuándo, en mi gloriosa carrera, me has conseguido un papel que me hiciera candidato al Globo de Oro?

Ross negó con la cabeza.

–No estamos hablando de eso. Estoy seguro de que es una mujer encantadora de las que te gustaría presentar a tu madre. Pero no puede hacerte progresar en tu carrera. Piensa en Brad y Angelina, o en Tom y Nicole.

–Tom y Nicole están divorciados.

–No les salió bien –respondió Ross–. Pero lo que quiero decir es que su boda por todo lo alto dio un empujón a sus respectivas carreras.

–Hay muchos actores y actrices famosos que se

casan con cónyuges que no forman parte de la industria.

Ross se inclinó hacia delante y apoyó la barbilla en los dedos índices.

–Soy tu representante, Julian. Me pagas para saber lo que más le conviene a tu carrera. Y te digo que no es la clase de mujer con quien debiera estar Julian Cooper.

Si era verdad, Julian no estaba seguro de seguir queriendo ser Julian Cooper. Su otro yo se estaba convirtiendo en alguien que ni siquiera le caía bien.

–Puede que tengas razón, Ross, pero Gretchen es precisamente la clase de mujer con la que Julian Curtis quiere estar. No se trata de un papel, Ross, sino de mi vida. Te pago para que orientes mi carrera, pero mi vida privada es mía. Saldré con quien me plazca, y te agradecería que no intentaras intervenir en este asunto.

–Tienes razón: puedes salir con quien quieras, Julian. Pero tal vez debieras reconsiderar el haber elegido a Gretchen.

–¿Por qué?

–¿Le has hablado de James?

Julian se puso tenso.

–Tuve que hacerlo. Estaba conmigo cuando recibí la llamada para informarme de que lo habían hospitalizado. Pero le dije que tendría que firmar un acuerdo de confidencialidad.

–¿Y lo ha hecho?

–Aún no. Iba a pedirte que lo redactaras hoy.

Ross suspiró y le pasó el móvil.

–Ya es tarde. La trágica historia del hermano gemelo secreto de Julian Cooper ya ha llegado a los periódicos.

No, era imposible. Julian leyó rápidamente el artículo buscando pruebas de que Ross se equivocaba. El nudo que tenía en el estómago no se le deshizo mientras lo leía. Era una larga y detallada historia sobre la enfermedad de James y su reciente ingreso hospitalario. Quien la hubiera filtrado, estaba al día sobre James.

–¿Quién más sabe lo de James?

Julian negó con la cabeza. Nadie.

–Murray y tú. Y Gretchen.

–Pues yo, desde luego, no lo he filtrado.

Julian sabía que era verdad. Y Murray estaba en viaje de novios, por lo que se estaría preocupando de cosas que no guardaran relación alguna con Julian y su hermano. Solo quedaba una alternativa, que le resultaba inaceptable. Se negaba a creer que Gretchen hubiera sido la causante de la filtración. No parecía interesarle el dinero que él le debía. Pero ¿cuánto estaría la prensa dispuesta a pagar por una información como aquella? ¿Más de lo que ella pudiera rechazar?

–No –insistió negando con la cabeza–. He estado con ella todo el tiempo hasta esta mañana, cuando se ha ido a trabajar. Es imposible que, sin yo saberlo, se haya puesto en contacto con un periodista y le haya vendido la historia.

Ross puso los ojos sen blanco.

–No seas ignorante, Julian. No has estado con ella cada segundo del día. Te has duchado, has ido al servicio y has dormido. Puede haberse levantado sigilosamente de la cama y haber mandado un correo electrónico a un periodista mientras tú te hallabas saciado e inconsciente.

Julian se dejó caer en la silla que tenía al lado, hecho un mar de dudas. Había confiado en ella. ¿Podía de verdad haberlo vendido?

Ross le palmeó el hombro con expresión triste.

–Lo siento, de verdad. Sé que crees que soy un ejecutivo frío y despiadado, con todos mis acuerdos de confidencialidad y relaciones orquestadas, pero llevo mucho tiempo en este negocio. A muchos de mis clientes los ha traicionado la gente en la que más confiaban. Intento protegerlos, pero no puedo hacerlo todo.

Solo había una persona que supiera lo que le había ocurrido a James en los días anteriores. La idea de que Gretchen lo hubiera traicionado estuvo a punto de hacerle vomitar el batido de proteínas. Se negaba a creerlo. No podía ser cierto. Pero Ross tenía razón. No había otra respuesta.

–Tenemos que decidir cómo vas a enfrentarte a esto. No hacer caso del artículo daría a entender que te avergüenzas de tu hermano, que es algo que no queremos que suceda. Probablemente, lo mejor sea organizar una entrevista en la que hables de él y expliques por qué has intentado que no estuviera en primer plano.

–Me parece bien –afirmó Julian en tono neutro. En realidad, no lo estaba escuchando. En aquel momento, lo último que le importaba era controlar los daños.

–Mientras yo me encargo de eso, debes hablar con Gretchen –Ross dejó un abultado sobre en la mesa–. Este es el dinero que le debemos. Págale y échala, o lo haré yo.

Julian asintió. Sabía que Ross tenía razón, pero no le hacía ninguna gracia aquella conversación.

–Va a volver hoy.

–¿Cuándo?

Julian miró el reloj que colgaba de la pared.

–Pronto. Antes de que me vaya al aeropuerto.

Rose asintió y se puso de pie.

–Entonces, me marcho. Mientras esté en Nueva York veré con quién puedo hablar para la entrevista. Cuando vuelvas a Los Ángeles, llámame y cuéntame cómo te ha ido con Gretchen.

Su representante salió de la habitación, pero Julian no se dio cuenta. El dolor que sentía en el pecho le había dejado anestesiado y airado a la vez. Pero sabía lo que debía hacer, y era un papel que no quería desempeñar. Pero tendría que hacerlo para extirpar aquel cáncer maligno de su vida.

A Gretchen le costó mucho volver a recorrer el pasillo del hotel que conducía a la habitación de Julian. Iba a llegar más pronto de lo esperado, estaba ansiosa por ver a Julian.

Al levantar la mano para llamar a la puerta, había oído las voces de dos hombres que discutían acaloradamente. Su intención no era espiarlos, decidió esperar a que bajaran el tono, pero escuchó, sin proponérselo, más de lo necesario.

Las palabras de Ross la seguían persiguiendo: «No es la clase de mujer con quien debiera estar Julian Cooper». Eso no la había sorprendido. Pero oírle decir a Julian que tal vez tuviera razón le partió el corazón.

En los días anteriores, él no había dejado de decirle lo hermosa que era y lo mucho que valía. Oír que, en realidad, pensaba lo contrario, fue un golpe mortal para su frágil ego. Se apresuró a volver al coche y sollozó, apoyada en el volante, hasta que vio que Ross se marchaba.

Se dio unos minutos para recuperar la compostura y volvió a subir a la habitación. Al principio había pensado no volver, pero le pareció que sería sospechoso que no se presentara. Respiró hondo y llamó a la puerta. Estaba más ansiosa que el primer día.

Julian tardó en abrirle y, cuando lo hizo, ella deseó que no le hubiera abierto. Sus ojos carecían de expresión y no le sonreía. Apretaba las mandíbulas a causa de la ira y la escrutaba como si buscara en su alma la culpa de algo.

–Entra –dijo al tiempo que se apartaba para dejarla pasar.

No era el recibimiento que ella se esperaba, pero no le sorprendió. Se sentó en el sofá.

Julian agarró el teléfono y se lo entregó sin decir palabra y con una mirada desafiante.

Gretchen vaciló, pero finalmente lo agarró. Al mirar la pantalla, se quedó sin aliento. Era un artículo sobre James. Sabía el empeño de Julian en conservar la intimidad de su hermano, pero el secreto había salido a la luz. No era de extrañar que estuviera enfadado.

—¡Qué horror! —exclamó ella al tiempo que se llevaba la mano a la boca—. ¿Quién se habrá enterado de lo de James? Has tenido mucho cuidado. ¿Habrá sido una de las enfermeras del hospital?

—No te esfuerces —dijo él en tono gélido—. Soy yo el actor, no tú.

Gretchen apartó la vista del teléfono y lo miró a los ojos, que tenían una expresión acusadora.

—¿A qué te refieres? ¿Crees que he sido yo quien ha filtrado la historia?

Julian se cruzó de brazos. Parecía más alto e intimidante que nunca, como si estuviera a punto de limpiar un campo de terroristas con una ametralladora, como en sus películas.

—No tengo mucho donde elegir, Gretchen. Eres la única que lo sabe todo, la única que conoce a mi hermano. Nadie más sabe todos los detalles.

Gretchen se levantó. Era mucho más baja que él, pero no estaba dispuesta a seguir sentada y a dejar que la amedrentara.

—El hecho de que conozca esa información no significa que la haya compartido. Te dije que no se lo contaría a nadie, y hablaba en serio. Incluso te dije que firmaría el acuerdo de confidencialidad.

Él asintió.

—No se me ocurrió que te las arreglarías para vender la historia antes de tener tiempo de redactarlo. Lo has hecho de forma muy brillante, todo sea dicho.

—¿Cómo que lo he hecho? —dijo ella en un tono

agudo, que la sorprendió–. No he hecho nada, Julian, porque no he vendido la historia. ¿Ha sido Ross quien te ha contado esa sarta de mentiras? No entiendo cómo has podido creer que soy capaz de hacer algo semejante.

–No lo creía.

A pesar de la dureza de su expresión, Gretchen detectó un destello de vacilación en sus ojos. No parecía creerse sus propias acusaciones, pero no estaba dispuesto a retractarse.

–Te vales de eso como excusa –afirmó ella.

Él enarcó las cejas, sorprendido.

–¿Como excusa para qué?

–Para librarte de mí –lo acusó ella. Las crueles palabras de Ross resonaron en su cerebro y alimentaron su ira–. A pesar de todas las promesas que me hiciste en Louisville, sabes que no soy una mujer que potenciará tu carrera.

Julian se quedó perplejo ante sus palabras.

–¿Por qué dices eso?

–Os he oído discutir. Sé que no soy la mujer adecuada para Julian Cooper. Estoy gorda y soy torpe. No hace falta que Ross o tú me lo recordéis.

Julian, enfadado, negó con la cabeza.

–No sé lo que has oído, pero te aseguro que no hablábamos de eso.

–¿Ah, no? Vamos, Julian, sé sincero. Por mucho que afirmes que quieres ser un actor serio, estás enganchado a un estilo de vida que solo te puedes permitir con éxitos de taquilla. Dices que no puedes dejarlo a causa de tu hermano, pero ¿qué gastos tiene? ¿Tantos como lo que te cuesta tu mansión de Beverly Hills?, ¿o tu coche deportivo?, ¿o tu entrenador personal y tus cocineros?, ¿o las caras joyas para tus mujeres? Me juego lo que sea a que no. Vas a usar esta historia para deshacerte de mí porque no encajo en ese estilo de vida. No voy a ayudarte a convertirte en una estrella aún mayor.

–Esto no tiene nada que ver con mi estilo de vida ni con mi carrera. Es evidente que no has oído la conversación entera con Ross ya que, en caso contrario, no me acusarías de eso. Yo hubiera estado muy contento de recorrer la alfombra roja con la Gretchen que conocía. Creía que eras hermosa y especial. Todo lo que te he dicho sobre ti era verdad, Gretchen. Pero la conversación con Ross ahora da igual, porque no voy a quedarme de brazos cruzados mientras haces daño a mi familia.

Lágrimas de rabia amenazaban con deslizarse por las mejillas de Gretchen. No quería llorar, y mucho menos ante él. Pero cuanto más se resistía, más difícil le resultaba contenerse.

–Nunca te haría algo así, ni a tu madre ni a tu hermano. Y si eso es lo que crees, es que no me conoces tan bien como te imaginas.

–Supongo que no, pero solo hemos estado unos días juntos. Ni que estuviéramos enamorados.

Gretchen se estremeció ante lo ridícula que parecía la idea del amor en sus labios. Dio gracias por haberse guardado sus sentimientos para sí. Lo único que le faltaba era que Julian se los echara en cara.

–¿Qué te han ofrecido, Gretchen? –Julian tenía la cara tan distorsionada por la ira y el sentimiento de haber sido traicionado que no parecía el Julian que ella conocía–. ¿Dinero? ¿Los diez mil que te voy a pagar no te bastaban?

–No se trata de dinero. Me da igual lo que pudieran haberme ofrecido, porque no hubiera vendido la historia a la prensa. Ni siquiera quiero el dinero que me ibas a pagar por la semana.

Julian puso los ojos en blanco y agarró el sobre que había en la mesa. Se lo puso en las manos y se alejó antes de que ella pudiera rechazarlo.

–¿Por qué no lo quieres? ¿No lo necesitas después de lo que te han pagado por la historia?

Gretchen estaba tan trastornada que ni siquiera miró lo que le había entregado.

–No sé cómo convencerte de que nadie me ha pagado nada. Y no quiero tu dinero porque no creo que esté bien aceptarlo cuando parecía que teníamos… algo más que una relación fingida.

Él apartó la vista de ella y miró la alfombra de la habitación.

–Solo estaba actuando, Gretchen. Al hacerte creer que era real, estabas mucho más relajada ante las cámaras. No habríamos resultado convincentes si no te hubieras creído que me gustabas de verdad.

Gretchen se quedó sin habla. Se negaba a creer que la hubiera engañado de esa manera. No la había mirado a los ojos al decírselo. Ella estaba segura de que había algo más entre Julian y ella, pero él no estaba dispuesto a reconocer la verdad.

Agachó la cabeza y, por fin, vio el sobre que tenía en las manos.

–¿Qué es esto?

–Los diez mil dólares que acordamos. Has cumplido tu parte del trato, y de forma muy placentera, todo sea dicho.

Había un expresión de regodeo en su rostro que a ella no le gustó.

–Es evidente –añadió él con amargura– que no recibirás los cinco mil por no hablar de mi hermano.

Ella cerró los ojos. Sintió que el corazón se le desgarraba en el pecho. No había otra explicación para la aguda sensación que le dejaba los pulmones sin aire. Se había quedado sin palabras, pero daba igual, porque sabía que las palabras no cambiarían nada. Él ya había decidido que era culpable y nada lo persuadiría de lo contrario.

Y si algo lo hacía, ¿qué cambiaría? Si había fingido que ella le gustaba para pasar mejor la semana, no había nada que salvar entre ellos. Lo único que ella podía hacer era contenerse lo suficiente para salir de aquella habitación con la dignidad intacta.

–Es evidente –afirmó ella, dominando los nervios y con la misma amargura.

Cuando abrió los ojos, Julian salía del dormitorio tirando de la maleta con ruedas. Él volvió a evitar su mirada y la rodeó para llegar a la puerta.

–Que te guste Italia. Espero que hagas buen uso de ese dinero sucio.

Agarró el picaporte, abrió la puerta y salió de la suite sin siquiera mirar atrás.

Gretchen quiso correr tras él, convencerlo de que decía la verdad, pero sus piernas se negaron a obedecerla. Aunque no tuviera un elevado concepto de sí misma, poseía demasiado orgullo para suplicar.

Comenzaron a temblarle las rodillas y se dejó caer sobre los cojines del sofá. Agachó la cabeza y, por segunda vez esa mañana, las lágrimas le corrieron libremente por las mejillas, mojando el sobre que tenía en las manos.

Había sido una estúpida al creer que un hombre como Julian querría tener que ver con una mujer como ella; una estúpida al pensar que hallaría la felicidad con alguien tan imposible de conseguir.

Y todo había acabado.

Capítulo Once

Esa semana, Gretchen se enfrascó en el trabajo. Siempre había que adornar el local para una boda, que consultar algo a los novios o que acabar de diseñar algo y mandarlo a la imprenta, lo cual era una suerte. Necesitaba distraerse.

Los dos días libres habían sido horribles. Básicamente, se había quedado en el piso llorando y comiendo galletas, lo cual no había contribuido a arreglar nada. Pero, cuando volvió a trabajar, se recuperó, y estaba dispuesta a centrarse en el trabajo y a olvidarse de Julian Cooper.

Por desgracia, no era así de sencillo, sobre todo con tres amigas y socias entrometidas que se percataron de inmediato de que la romántica burbuja había estallado.

Trató de evitar las preguntas, pero dio a sus amigas suficiente información para satisfacerlas: se había acabado. No quiso hablar más del tema.

Se levantó del escritorio y fue al armario donde guardaba sus herramientas de trabajo y sacó la caja cajón correspondiente a la boda de ese fin de semana, cuyo tema era el otoño.

¿Habría utilizado Julian lo de la filtración para romper con ella porque, en el fondo, quería salir con una hermosa actriz y no con una artista sin gracia? No conseguía olvidarse de la conversación que había oído entre Julian y Ross.

Lo peor era que tenía que reconocer que Ross probablemente tuviera razón. Gretchen no era lo que la gente se esperaba. Bridgette, presumida y con exceso de maquillaje, era mucho más adecuada para aquella industria, aunque a Julian no le gustara. Teniendo en cuenta lo que se había esforzado en mantener al margen de su trabajo a su hermano y a su familia, le costaría todavía más protegerla a ella.

La relación entre ellos no hubiera funcionado; ahora lo sabía. Era una quimera, una fantasía que había durado el tiempo que él había estado representando el papel del novio que la adoraba.

Se llevó la mano a la garganta para tocar el collar con el ópalo. Lo había llevado desde que él se lo había regalado. Le encantaba, pero había llegado el momento de quitárselo. Soltó el broche y dejó que le cayera en la mano. Lo miró antes de abrir el cajón del escritorio y dejarlo con los bolígrafos y los clips.

Después, agarró la caja con los papeles de la boda y salió del despacho. Los repartió rápidamente entre la capilla, la mesa del vestíbulo y el salón de baile.

–¿Gretchen?

Esta dejó los programas y se volvió. Natalie se hallaba en el umbral de la puerta, detrás de ella.

–Hola. Han llegado los manteles. ¿Necesitas ayuda?

Gretchen se encogió de hombros.

–Si tienes tiempo…

Natalie asintió y ambas se dirigieron a la parte de atrás del local para sacar los manteles limpios y planchados. Gretchen comenzó a extender los manteles en las mesas. Notó que Natalie se hacía la remolona a propósito, pero ella no estaba dispuesta a comenzar una conversación que temía.

Al cabo de un par de minutos, Natalie le preguntó en voz baja:

–¿Estás bien?

Gretchen suspiró y acabó de poner un mantel.

–No, pero estoy en ello.

Natalie asintió. La organizadora de bodas de Desde este Momento era callada y observadora. Escuchaba mucho, tanto en el trabajo como en la vida diaria, algo que la mayoría de la gente no hacía. Al escuchar, observaba muchas cosas; sobre todo, lo que no se decía.

–¿Cuánto tiempo crees que tengo hasta que Bree y Amelia traten de buscarme a otro hombre?

Gretchen esperaba que, al perder la virginidad, sus amigas dejaran de presionarla y de buscarle a un hombre, pero dudaba que fuera a ser así. Una vez liberada de aquella carga sexual, podrían buscarle a un tipo normal, no al superhéroe que se merecía la primera vez.

–Creo que estarás a salvo durante las vacaciones, aunque no me extrañaría que Amelia diera una fiesta por Navidad en su casa y tratara de presentarte a un par de solteros.

Gretchen sabría desenvolverse bien teniendo que conversar en una fiesta. Eso le daba unas semanas. Le gustaba la Navidad y, en aquel momento, le supondría una distracción. Solo tenía que ser extremadamente cuidadosa con la cantidad de galletas que ingería. No quería que los diez kilos que le sobraban se convirtieran en doce o trece.

—Aunque también puedes arrancar una página de mi agenda e hibernar para reaparecer cuando la resaca de Año Nuevo haya terminado.

Gretchen tenía una familia extensa, y no podía hacer eso. El caso de Natalie era distinto. Sus padres estaban divorciados y ella desdeñaba las vacaciones, por lo que le resultaba más sencillo desaparecer durante una par de semanas.

—No todo el mundo odia la Navidad, Natalie. Puedo enfrentarme a los intentos de emparejarme de mis amigas con tal que las fiestas navideñas me distraigan.

—Tal vez debieras agarrar parte del dinero y hacer un viajecito. No tienes tiempo suficiente para ir a Italia, pero ¿qué te parece Nueva York o Las Vegas?

Gretchen soltó una risita.

—¿Después de lo que le pasó a Amelia en Las Vegas? No, gracias.

—Dudo mucho que te casaras con el primero que apareciera estando allí. Pero tal vez encontraras a alguien para distraerte y dedicaras un tiempo a ponerte al día en esos vicios que llevabas tanto tiempo perdiéndote.

Gretchen se sentó en una silla y negó con la cabeza.

—No creo que pueda gastarme nada de ese dinero. Es como si estuviera… contaminado.

–¿E Italia?

–Ya iré algún día, aunque no será pronto. Si voy ahora, lo único que veré serán las ruinas de lo que fue. Pero, si espero lo suficiente, tal vez vaya con un hombre que me quiera y, entonces, seré capaz de apreciar su belleza. Eso haría que el viaje fuera mucho mejor, ¿no te parece?

Natalie alisó la tela frente a ella.

–Sí –dijo sin comprometerse. Natalie mostraba prácticamente la misma falta de entusiasmo por el amor que por la Navidad.

–Si la semana pasada me ha enseñado algo, ha sido que valgo más de lo que creo. Solo necesito confiar en mí misma para salir a buscar una relación sana con un hombre normal.

–Por supuesto –asintió Natalie. Se le acercó y se arrodilló a su lado para darle un consolador abrazo–. Encontrarás a alguien si te lo propones. Puedes hacer cualquier cosa que desees.

A pesar de lo que Gretchen había dicho, no sabía si creérselo. Ni siquiera la habían convencido las palabras de Natalie, pero estaba dispuesta a intentarlo. No consentiría que alguien como Julian la pisoteara el corazón. Había volado muy alto, como Ícaro, y se había estrellado. Si hubiera optado por salir con alguien menos peligroso, tal vez no se hubiera hecho tanto daño al caer.

–Gracias, Natalie.

–Tengo una cita dentro de unos minutos, pero intentaré volver más tarde a ayudarte.

Gretchen se despidió agitando la mano mientras Natalie salía del salón de baile. La observó irse

163

y, después, agachó la cabeza. Algún día iría a Italia, estaba segura. Sin embargo, no lo haría con el dinero que Julian le había dado. Él creía que le había traicionado y, si se lo gastaba, tal vez tuviera razón.

Se levantó, fue al despacho y se sentó al escritorio. Abrió el cajón y sacó el bolso. Dentro estaba el gran fajo de billetes en el sobre que Julian le había entregado. Se sentía ridícula llevando por ahí diez mil dólares en el bolso, pero era lo único que podía hacer hasta que tomara una decisión.

Amelia le proponía que devolviera el dinero a Julian, si tanto le molestaba quedárselo, y que se fuera a Italia.

Había otra posibilidad: hacer algo positivo con el dinero, de modo que todo aquello sirviera para algo bueno. Si Gretchen hacía algo que mereciera la pena con él, tal vez se purificara y lo sucedido la semana anterior cobraría sentido.

Había un modo de asegurarse que él se enterara.

Encendió el ordenador y buscó la pagina web de la Fundación para la Parálisis Cerebral. Con solo realizar unos cuantos clics, halló lo que buscaba: una solución y cierta paz mental. Lo único que debía hacer era ingresar el dinero en su cuenta y poner en marcha el proceso.

Tal vez no fuera a Italia, pero sería ella la que dijera la última palabra.

***

El guion daba pena. Julian ya no soportaba seguir leyendo las estupideces que Ross le había enviado por mensajero aquella tarde. En comparación, *Bombs of Fury* parecía una obra de Shakespeare.

Una semana antes habría aceptado la oferta sin rechistar, pero eso era antes de haberse vuelto loco por Gretchen. Ella había plantado en él la semilla de la esperanza de poder tener una carrera seria como actor, para después echar gasolina en los brotes que comenzaban a despuntar.

Ross y su publicista ya estaban intentando desviar la atención de James y hallar el modo de suprimir la historia sin que pareciera que a Julian lo avergonzaba su hermano.

Julian no se avergonzaba, sino todo lo contrario. Lo único que deseaba era que los periodistas no acamparan frente la Hawthorne Community ni que lo presionaran para que les contara una historia lacrimógena. Ya había recibido una llamada de Oprah para que le hablara de su dolor secreto.

A pesar de que Ross le había asegurado que era el camino a seguir, Julian no quería compartir ese dolor, sino mantener a su hermano al margen de la atención pública, a pesar de que le había fallado al haberle confesado todo a Gretchen.

Lanzó el ofensivo guion a la mesa de la cocina al tiempo que negaba con la cabeza. Lo rodaría. Sabía que lo haría. Pero se detestaría por ello más de lo que ya se detestaba.

Se levantó de la mesa decidido a prepararse una bebida fuerte cuando oyó pasos en la entrada.

En la casa no había nadie más que él. Antes de que pudiera reaccionar, apareció el intruso con un top muy corto y unos pantalones de yoga.

Era Bridgette.

–Pero ¿qué…? ¿Cómo has entrado?

–Sigo teniendo la llave –respondió ella meneando su rubia coleta y sonriéndole con una dulzura que él no se creyó. Llevaba un montón de cartas en la mano que dejó en la encimera de la cocina–. Te he traído el correo. He venido porque me he enterado de que habías vuelto de la boda y quería verte.

Dio un paso hacia él, pero Julian retrocedió. Aquello no le hacía ninguna gracia. Bridgette era demasiado calculadora para hacerle una visita de cortesía.

–¿Para qué?

Ella hizo un mohín con los labios hinchados de colágeno.

–Porque te echo de menos, Julian. Lo he pasado mal las últimas semanas.

–Rompimos hace seis meses. La última vez que te vi, tenías la lengua dentro de la garganta de Paul. No me pareció que estuvieras sufriendo mucho.

Ella intentó fruncir el ceño, pero no lo consiguió debido al bótox que le habían inyectado.

–Utilice a Paul por despecho. Trataba de olvidarte sin conseguirlo. Ver las fotos en las que te acompañaba esa gorda estuvo a punto de partirme el corazón.

–Cállate –la interrumpió él levantando la mano.

Aunque estuviera enfadado con Gretchen, no iba a consentir que nadie le faltara al respeto. Había mentido al decir que no significaba nada para él. No había estado actuando, pero era lo mejor que podía decirle. La había convencido, y se había convencido, de que no había nada por lo que luchar. Pero, a pesar de todo, Gretchen seguía significando algo para él, mucho más de lo que había significado Brigitte.

−Gretchen es una mujer hermosa, inteligente y sensible que me importa mucho. Respétala o márchate.

Preferiría que se fuera, pero dudaba poder librarse de ella con tanta facilidad.

−¿Que te importa mucho? Si apenas la conoces. Debe de haberse esforzado para tenerte entre sus garras de ese modo, tan deprisa. Ya sabía yo que no tramaba nada bueno. Sabía que tenía que hallar el medio de que volvieras a mí.

−No sabes lo que dices. Gretchen no tiene garras, ni a mí entre ellas. Y aunque así fuera, no necesito que me rescates. Si tuviera que elegir entre las dos, ganaría Gretchen.

A pesar de la filtración a la prensa y las mentiras, era más genuina que Bridgette. De hecho eso se lo hubiera esperado de su ex, y por eso nunca había mencionado el nombre de James en su presencia.

−¿Cómo puedes seguir pensado de ella así después de lo que ha hecho? Vender la historia de tu hermano a la prensa es imperdonable.

Julian estaba a punto de responderle cuando se detuvo. El artículo no mencionaba la fuente de la historia. Aunque Bridgette hubiera leído la revista de cabo a rabo, ¿por qué suponía que había sido Gretchen la autora de la filtración? ¿Cómo sabía siquiera que Gretchen conocía a James? Solo había un motivo.

—Fuiste tú.

La súbita comprensión le produjo náuseas.

Bridgette le lanzó una mirada inocente, largamente practicada.

—¿Qué? —preguntó con toda la dulzura de que fue capaz.

Julian no sabía cómo había averiguado la verdad, pero en el fondo de su corazón estaba convencido de que había sido ella quien lo había traicionado.

—Fuiste tú quien filtró la historia de mi hermano.

—¿Yo? ¿Cómo voy a haber sido yo si ni siquiera sabía que tenías un hermano? Nunca me hablaste de él ni del resto de tu familia. Lo leí en la prensa, como todo el mundo.

—No, fuiste tú —Julian no se iba a tragar sus protestas—. No podías saber que había culpado a Gretchen de filtrar la historia a menos que lo hubieras tramado para que pareciera que había sido ella. Te pusiste tan celosa que lo hiciste para que Gretchen y yo rompiéramos. Reconócelo o localizaré al periodista y lo averiguaré. Y si has sido tú y me has mentido, todos los secretos que me contaste aparecerán en la portada de los periódicos.

A Bridgette se le desencajó la mandíbula y miró a su alrededor con el pánico reflejado en el rostro. Nada allí iba a ayudarla, a no ser que estuviera dispuesta a darle un golpe con la jarra de cerámica que había en la encimera.

—Tuve que hacerlo —reconoció por fin—. Era la única forma de separarte de ella. Contraté a un detective para que te siguiera en Nashville. Lo hice para que te vigilara y saber si había alguna posibilidad de que nos reconciliáramos. Te siguió a Louisville y descubrió la verdad sobre tu hermano. Yo no hubiera dicho nada, pero, después, me enteré de que te la habías llevado contigo. A mí nunca me dijiste ni media palabra sobre James en más de un año que estuvimos juntos y, sin embargo, a ella te la llevaste para que lo conociera. Estaba destrozada, Julian. No sabía qué hacer. Creí que si la historia salía a la luz, la culparías a ella y volverías a Nueva York tan consternado que yo te consolaría y volveríamos a estar juntos.

Bridgette estaba más loca de lo que Julian pensaba.

—Tu plan ha fracasado, Bridgette. En efecto, eché la culpa a Gretchen y volví consternado, pero no quiero que me consueles, sino que te vayas.

—Julian, por favor. Podríamos ser una poderosa pareja en Hollywood. Reconócelo, es lógico que estemos juntos. Al menos, mucho más lógico que estar con esa artista rechoncha.

—¡Fuera! —gritó él, lleno de ira. No iba a tolerar ni un minuto más que insultara en su presencia a la mujer que amaba.

—Julian, yo…

Julian se abalanzó sobre ella y le arrebató las llaves de su casa. No volvería a cometer el mismo error.

–Vete antes de que llame a la policía y a la prensa para que te fotografíen mientras te arrestan por haber entrado sin autorización en propiedad ajena.

Ella lo miró con los ojos como platos. Julian se dio cuenta de que trataba de determinar si le había lanzado un farol o no. Al cabo de unos segundos, decidió no tentar la suerte. Con un gesto desafiante de la cabeza, dio media vuelta y se dirigió a la puerta de entrada. Julian la observó mientras la abría y se volvía a mirarlo.

–Un día te arrepentirás de haberme perdido, Julian.

En lugar de responderle, le dijo adiós agitando la mano. Ella salió hecha una furia y dando un portazo. Julian se acercó a la puerta, echó el cerrojo y conectó la alarma, por si acaso ella intentaba volver.

Con un profundo suspiro de alivio, volvió a la cocina. Dejó las llaves al lado del correo y echó una ojeada a las cartas que, sin duda, Bridgette habría estado fisgoneando antes de llevárselas. La última carta tenía el logotipo de la Fundación para la Parálisis Cerebral.

Apartó el resto de sobres y la abrió. Era un carta en que lo informaban de que se había realizado una donación anónima en su nombre y en el de James. Eso lo hizo sonreír. Tal vez que la historia de James hubiera salido a la luz no fuera tan malo. Ya que se sabía, pudiera ser que atrajera la atención para la causa. En la página web, la fundación presentaba una historia sobre James y él, con un enlace para hacer donaciones. Si alguien se había enterado y hacía una donación, merecería la pena toda la angustia que le había causado aquella situación.

En la página siguiente vio que la cantidad donada era de diez mil dólares. Eso no era una mísera donación. Sus ojos permanecieron fijos en la cifra al tiempo que un hormigueo comenzaba a recorrerle la nuca.

Diez mil dólares: era exactamente la cantidad que había dejado a Gretchen antes de marcharse hecho una furia. Ella le había dicho que no quería el dinero, pero él la había obligado a aceptarlo. ¿Era esa su forma de devolvérselo y demostrarle, al mismo tiempo, que ella era mejor persona?

Julian sintió que las piernas le flaqueaban. No estaba acostumbrado a esa experiencia fuera del gimnasio.

Había sido un imbécil. El único motivo por el que Gretchen se había metido en aquel berenjenal era porque quería ese dinero para ir a Italia. Pero todo lo que había sufrido había sido inútil, ya que había devuelto el dinero y renunciado a su sueño.

Julian dejó la carta en la encimera y cerró los ojos con fuerza. Gretchen era la única persona que no quería ni le exigía nada, salvo su amor y su confianza. Sin darse cuenta de la profundidad de sus sentimientos por ella, le había dado ambos, para después arrebatárselos acusándola de cosas terribles.

Rogó que no fuera demasiado tarde para arreglar las cosas.

Capítulo Doce

Julian llegó a Nashville al amanecer del sábado. Se montó en el coche que había alquilado y se dirigió a la capilla.

Esperaba que estuviera vacía, ya que eran poco más de la siete de la mañana, pero el aparcamiento estaba lleno de camionetas. Parecía que los preparativos de la boda comenzaban temprano.

Entre los vehículos, se hallaba el sedán de Gretchen.

Julian aparcó y siguió hasta la puerta trasera a un hombre que llevaban un enorme jarrón de flores rojas, naranjas y amarillas. Ambos se dirigieron al salón de baile.

Estaba lleno de gente. Unos hombres subidos a escaleras ponían luces en las vigas; al menos media docena de personas colocaban flores; una orquesta se estaba instalando en el escenario; y otras personas ponían vasos y copas en las mesas. Gretchen se hallaba en medio de aquel caos.

A pesar del bullicio reinante, Julian la localizó de inmediato.

Ese día llevaba el pelo rizado. Él se había acostumbrado a vérselo liso para las cámaras, pero como la farsa de su relación había concluido, ella se lo había vuelto a dejar rizado.

Llevaba unos vaqueros oscuros, unas bailarinas y un jersey de color ladrillo que combinaban bien. Estaba ocupada dirigiendo en el rincón donde se había colocado la tarta nupcial de Murray y Kelly.

Sin vacilar y lleno de determinación, Julian fue sorteando el laberinto de mesas y sillas hasta llegar al otro extremo del salón. Nadie le prestó atención. Se hallaba aproximadamente a tres metros de Gretchen cuando ella se volvió. Sus miradas se cruzaron y ella se quedó petrificada, apretando con fuerza la tableta contra el pecho como si fuera lo único que la sostuviera en pie.

Julian sonrió con la esperanza de atenuar su sorpresa, pero no fue así. El resultado fue que frunció el ceño y apretó las mandíbulas. Sin embargo, eso no iba a hacer desistir a Julian. Ella estaba enfadada y tenía derecho a estarlo, pero la convencería de que lo sentía y de que todo saldría bien. Estaba seguro.

–¿Qué haces aquí, Julian? –preguntó ella.

–He vuelto para hablar contigo –respondió dando un paso hacia ella y esperando que la suerte lo acompañara.

Gretchen no retrocedió, pero su postura le indicó que no era bien recibido.

–¿No crees que ya hemos hablado lo suficiente?

–Sobre esto, no –avanzó otro paso–. Gretchen, siento mucho lo que pasó el lunes. La situación con Ross, el artículo… Ahora sé que no tenía nada que ver contigo y lamento mucho haberte echado la culpa. Tenías razón al decirme que nunca me harías nada así. Y lo sabía, pero mucha gente ha traicionado mi confianza a lo largo de los años. Alguien tenía que ser el responsable, y no sabía quién más podía haber intervenido.

Ella asintió al tiempo que dejaba la tableta para poder cruzarse de brazos.

—Precipitarse a sacar conclusiones sin fundamento suele causar problemas. Me alegro de que hayas descubierto al verdadero culpable, y espero que lo hayas hecho sufrir como me has hecho sufrir los últimos días. Me parece que es lo justo.

Julian observó la expresión apenada de su rostro y se odió por ser la causa. Tenía que arreglarlo.

—Fue Bridgette. Contrató a un detective para que me siguiera en Nashville y Louisville, y el tipo descubrió la historia de mi hermano. Ella la filtró a la prensa porque estaba celosa de ti y quería que rompiéramos.

Gretchen soltó un bufido.

—¿Bridgette Martin tiene celos de mí? ¿Cómo es posible? Es la mujer más hermosa que he visto en mi vida.

—Como ya te había dicho, Gretchen, todo es pura ilusión. Trabajo en una industria en la que todos intentan hacerte trizas. Ni siquiera alguien como Bridgette es inmune a las críticas feroces. Tiene un ego frágil. Tú suponías una amenaza para ella. Está acostumbrada a conseguir lo que desea, por lo que estaba dispuesta a recuperarme por cualquier medio. Quiero que sepas que su plan no ha funcionado. Incluso antes de saber lo que había hecho, no quería volver con ella. Seguía deseándote a ti.

Entornó los ojos al mirarlo.

–No es verdad –dijo ella.

–Lo es –insistió él–. Lo era entonces y lo sigue siendo ahora. Incluso cuando estaba enfadado contigo, te alejé de mí porque sabía que debía hacerlo o arriesgarme a que apareciera otra historia en los periódicos. Pero no quería dejarte ir. Estos días sin ti me he sentido completamente vacío, como si funcionara con el piloto automático puesto.

Esperaba que Gretchen le dijera que también lo había echado de menos, pero ella permaneció en silencio.

–Y entonces, cuando creía que no podía sentirme más imbécil de lo que me sentía, me ha llegado una carta de la Fundación para la Parálisis Cerebral. Al verla supe que la donación procedía de ti.

–¿Cómo lo sabes? Era anónima.

Él negó con la cabeza.

–En efecto, pero tenías que ser tú. Te obligué a aceptar un dinero que no querías, por lo que lo devolviste de un modo que ni siquiera yo podía discutir. Fue una idea verdaderamente brillante, pero solo me confirmó que siempre he tenido razón sobre ti.

Ella enarcó una ceja.

–¿Razón en qué?

–En creer que eras uno de los seres más dulces y generosos que he conocido, que no querías de mi nada sino mi amor, a diferencia de tantos otros. Podías haberte quedado con el dinero, habértelo gastado y haberte olvidado de mí. Pero no lo hiciste. Como no podías devolvérmelo, lo utilizaste del mejor modo posible, de un modo que pudiera ayudar a mi hermano.

–Y espero que lo haga. Estaría bien que saliera algo bueno del caos de la semana pasada.

Al oír sus palabras, Julian sintió una opresión en el pecho. ¿Creía ella de verdad que lo que había entre ellos no era más que un confuso lío?

–Aunque haya sido caótico, he disfrutado de cada minuto –afirmó.

Julian titubeo y respiró hondo antes de decir las palabras que estaba esperando decir.

–Te quiero, Gretchen.

Ella lo miró con los ojos como platos, pero su reacción no fue más allá: no sonrió ni se sonrojó ni se lanzó a sus brazos. No reaccionó como él esperaba. Se limitó a observarlo con la mirada recelosa que le era propia.

–Lo digo en serio –prosiguió él, desesperado por llenar el silencio–. Me has cambiado de tal modo que, aunque me echaras de aquí y no volvieras a hablarme, ya no podría de ningún modo vivir como antes. Le he dicho a Ross que quiero el papel de esa película independiente de la que habíamos hablado. Van a rodarla en Knoxville, en Tennessee, este verano. Tengo que volver a rodar algunas tomas hasta Navidad y luego haré otra película de acción en primavera, pero después dejaré de hacer esa clase de películas durante unos cuantos meses.

Gretchen tragó saliva.

–Te gustará Knoxville –dijo ella con indiferencia.

–Lo que me gustará es estar más cerca de ti.

–Durante unos meses. Y luego, ¿qué?

–Luego me trasladaré a Nashville.

Eso atrajo la atención de Gretchen. Fue ella la que, entonces, dio un paso hacia él y se detuvo par no acercársele demasiado.

–¿Qué vas a hacer aquí?

Julian se encogió de hombros. Aún no lo había pensado, pero sabía que quería que su lugar de residencia estuviera allí, con Gretchen, aunque tuviera que viajar de vez en cuando para rodar una película o acudir a un evento publicitario.

–Lo que me apetezca: teatro, televisión, películas de bajo presupuesto… Incluso podría ser profesor. Tenías razón al decir que utilizaba a mi hermano como excusa. Tengo dinero más que suficiente para cuidarlo. Si invirtiera el dinero que he ganado con *Bombs of Fury* y no volviera a actuar, probablemente podría mantenerlo cómodamente durante el resto de su vida. La verdad es que tenía miedo de probar algo nuevo, miedo de fracasar.

La expresión de Gretchen se dulcificó.

–No vas a fracasar, Julian.

–Gracias. Crees en mí cuando a mí me cuesta hacerlo. Me das la fuerza que no sabía que me faltaba. Haberte tenido a mi lado cuando fui a ver a James… No te haces idea de lo que significó para mí. Te necesito, Gretchen. Te quiero.

Se sacó del bolsillo el anillo que llevaba en él. Al sacarlo, cerró los ojos mientras rogaba que sus palabras hubieran sido los bastante sinceras para disipar las dudas de ella y lograr que aceptara su proposición. Abrió el estuche y le mostró el anillo que había elegido especialmente para ella: un gran diamante ovalado engarzado en una delicada rosa de oro rodeada de minúsculos diamantes. En cuanto lo vio supo que sería perfecto para ella.

—Gretchen, ¿quieres...?

—¡No! —lo interrumpió ella sin dejarlo acabar.

Julian se sobresaltó ante su negativa, pero Gretchen lo hizo aún más. Se le había escapado la palabra sin poder evitarlo.

Él permaneció boquiabierto durante uno segundos. Una vez recuperado, le dijo:

—El joyero me recomendó este anillo para una mujer artista y valiente. Pensé que sería perfecto para ti. ¿No te gusta? Podemos elegir otro, el que prefieras.

Por supuesto que le gustaba. Le encantaba. Era precioso, brillante, perfecto...

—No se trata del anillo, Julian.

—Vaya. Bueno...

Cerró bruscamente el estuche y se puso en pie. Miró a su alrededor con nerviosismo, como si temiese que alguien hubiera visto cómo ella lo rechazaba. Por suerte, todos estaban muy ocupados para fijarse en él.

—Julian —Gretchen le puso la mano en el brazo—. Tenemos que hablar de esto.

Él apretó los dientes.

—Me parece que ya has dicho todo lo que tenías que decir. No quieres casarte conmigo. Muy bien.

–No he dicho eso.

Él, confuso, le escrutó el rostro.

–Te lo he pedido y me has rechazado de forma tajante, a decir verdad.

Ella suspiró.

–No he rechazado tu proposición, sino que quería que dejaras de hablar un momento para poder decir yo algo primero.

Las arrugas del ceño de Julian desaparecieron, pero no parecía muy convencido de que ella no lo fuera a rechazar.

–Me importas mucho, Julian. Estoy enamorada de ti, pero no sé si eso basta para sostener un matrimonio. ¿Cómo sé que me quieres de verdad? ¿Cómo sabemos cualquiera de los dos que no se trata simplemente de que te gusta lo que te hago sentir? Es cierto, te apoyo. Me importas y eso te hace elevarte cuando todos los demás intentan destrozarte. ¿Te estás declarando a lo que sientes cuando estás conmigo o te me estás declarando verdaderamente?

–Me estoy declarando a ti, por supuesto.

Pareció sentirse insultado por la pregunta, pero era necesaria. Ella tenía que saberlo antes de entregar no solo su corazón en aquella relación, sino también su vida.

–Todo eso suena de maravilla. Tu discurso ha sido fascinante, merecedor de un premio. Creo que lo harás muy bien en esa película independiente. Pero, aquí y ahora, ¿cómo sé que sientes lo que dices y que no es un guion muy ensayado? Dijiste que no era la clase de mujer con la que debiera estar Julian Cooper. Te oí darle la razón a Ross cuando no sabías que os estaba escuchando. Y al poco tiempo, te contradices y me propones que nos casemos, lo cual no me hace sentirme muy segura sobre lo nuestro. ¿Vas a dejarme cuando aparezca la próxima jovencita y Ross te presione para que lo hagas?

Julian cerró los ojos durante unos segundos y asintió.

—Es cierto que le dije eso a Ross. No eres la clase de mujer con la que debiera estar Julian Cooper, el actor internacional de películas de acción. Sin embargo, si te hubieras quedado unos segundos más, me habrías oído decir que eras la mujer perfecta para Julian Curtis, y que este no estaba interesado en las opiniones de su representante sobre su vida privada.

Gretchen no sabía qué decir. ¿Hablaba en serio?

—Gretchen —dijo Julian acercándose más a ella y poniéndole sus tranquilizadoras manos en los brazos—, esto no es un guion ensayado. No soy Julian Cooper repitiendo las líneas de un guion, sino Julian Curtis, un hombre de Kentucky —continuó él cambiando de acento— que te dice lo que realmente siente y te pide que te cases con él. ¿Me crees?

A Gretchen le daba vueltas la cabeza. Lo único que pudo hacer fue asentir.

Julian sonrió.

—A ver, voy a intentarlo otra vez y quiero que me dejes terminar antes de contestarme, ¿de acuerdo?

Gretchen volvió a asentir mientras él sacaba el estuche con el anillo y lo abría por segunda vez.

Le tomó la mano en las suyas y la miró con ojos conmovidos.

–Gretchen, te quiero con todo mi corazón. Sé que habrá gente que pensará que has tenido mucha suerte: una mujer normal que acaba con una estrella cinematográfica. Pero estarán equivocados. Si aceptas mi proposición y quieres casarte conmigo, te aseguro que el afortunado seré yo. Cada mañana que me despierte a tu lado será un día en que tendré la suerte de que estés conmigo y de que me hayas elegido como el hombre al que amas. Gretchen, ¿me harías el grandísimo honor de ser la señora de Julian Curtis?

Gretchen esperó un segundo para contestar, no porque no quisiera responderle afirmativamente, sino porque quería estar segura de no volver a interrumpirlo. Cuando comprobó que había acabado, dijo «¡sí!» sonriendo de oreja a oreja.

Julian le puso el anillo en el dedo. Las lágrimas que llenaban los ojos de Gretchen le empañaron la vista de la reluciente joya. Pero tenía toda la vida para mirarlo. Cuando él se hubo levantado, ella se lanzó a sus brazos y le rodeó el cuello para atraerlo hacia sí. Con la nariz apoyada en la garganta masculina, por fin regresó a un lugar que había creído que no volvería a visitar.

Julian la abrazó con fuerza y le levantó la cabeza para apretar sus labios contra los de ella. El beso fue suave, dulce y maravilloso.

–Tenemos que ir a Italia –afirmó Julian haciéndola volver a la realidad.

–¿Inmediatamente?

Julian sonrió al tiempo que negaba con la cabeza.

–No, no inmediatamente, a no ser que quieras subirte a un avión y que nos casemos sin decírselo a nadie. Sería la única forma de que nos casáramos sin que la prensa se enterase.

–Preferiría que lo hiciéramos con invitados, pero, si quieres que nos casemos en Italia, será maravilloso.

–Entonces, será lo que hagamos. Renunciaste a la posibilidad de ir allí al donar el dinero, por lo que me parece justo que nos casemos allí o, como mínimo, que vayamos de luna de miel.

Gretchen se lo imaginó inmediatamente.

–Una pequeña y rústica capilla en la Toscana. O tal vez una bodega en una colina con vistas a un campo de girasoles y amapolas.

Julian la apretó más contra sí.

–Lo que quieras. Al fin y al cabo, te vas a casar con una estrella del cine. No vamos a escatimar en semejante acontecimiento. Incluso puedo llamar a George para ver si podemos celebrar la boda en su casa del lago Como.

¿George Clooney? Ella negó con la cabeza. Se sentiría muy cómoda siendo la señora de Julian Curtis, pero tardaría un tiempo en acostumbrarse a llevar una vida pública con él como los señores Curtis, amigos de estrellas cinematográficas, músicos y otros famosos.

–Eso sería un poco exagerado –reconoció.

Casarse con Julian ya era una fantasía hecha realidad. Que la boda se celebrara en Italia era más de lo que podía pedir. De todos modos, quería una ceremonia sencilla. No quería derrochar una fortuna el primer día de casada. Tenían por delante una larga vida, y deseaba celebrar cada día de ella, no solo el primero.

—Quiero algo sencillo, con nuestras familias, con comida y vino deliciosos y un paisaje que no se pueda comparar a ningún adorno que pudiéramos comprar.

—Creo que podré conseguirlo. Y añado que quiero verte con un traje precioso que destaque tus maravillosas curvas. Quiero velas por todas partes para que tu piel brille como el marfil. Y después de habernos tomado esa deliciosa comida, quiero bailar contigo bajo las estrellas. Esta primavera estaré un mes sin rodar. ¿Qué te parece el mes de mayo? Podemos casarnos y, después, dedicarnos unas semanas a explorar hasta el último rincón de Italia.

—Me parece perfecto —dijo ella con sinceridad. No podía imaginarse una boda o un marido mejores.

Un sonido captó su atención. Miró a su alrededor y vio a tres mujeres en la puerta del salón que no trabajaban como los demás: una rubia, una pelirroja y una morena.

Alzó la mano izquierda para mostrarles el anillo y movió los dedos.

—Señoras, reserven un semana en el calendario para la primavera —gritó mirándolo exclusivamente a él—. ¡Nos vamos de boda a Italia!

Epílogo

–Llega la Navidad.

Gretchen enarcó las cejas ante la taciturna afirmación de Natalie.

–Pareces un personaje de *Juego de tronos*. Por supuesto que llega la Navidad. Estamos casi en diciembre. Es una de las fiestas más predecibles.

Su amiga dejó la tableta y frunció el ceño. Gretchen sabía que a Natalie no le gustaba la Navidad. Nunca le había preguntado por qué le desagradaban esas fiestas tan queridas, pero sabía que era así desde que estaban en la universidad.

La capilla se cerraba durante la semana entre Nochebuena y Año Nuevo. Natalie afirmaba que eran unas vacaciones planificadas para todas ellas, pero Gretchen se preguntaba si no habría algo más.

Para empezar, Natalie era adicta al trabajo, pero cuando se acercaba diciembre, redoblaba sus esfuerzos. Decía que quería adelantar la contabilidad y los impuestos para fin de año, pero Gretchen estaba convencida de que trataba de evitar todo lo que tuviera que ver con la Navidad.

En tanto que Bree podía entrar en el despacho llevando cuernos de ciervo con lucecitas y Amelia intentaba organizar una fiesta durante las vacaciones, Natalie no participaba. Insistía en que no se intercambiaran regalos con el argumento de que lo único que hacían era intercambiar dinero, lo cual carecía de sentido.

Natalie no era una aguafiestas, y no era su intención que las demás no disfrutaran de las vacaciones, pero no quería que la hicieran partícipe de su alegría. Eso implicaba que solía encerrarse en casa y no salía durante una semana, o que se iba de viaje.

Incluso así, no podía evitarlo todo. Como buena profesional, en esa época del año normalmente tenía que coordinar un par de bodas con el tema del invierno o las fiestas navideñas. Y no había forma de no hacerlo, sobre todo cuando una de las bodas de ese año era la de Lily, su mejor amiga de la infancia.

Natalie se recostó en la silla de su despacho, se quitó los auriculares y los dejó en el escritorio.

—Este año me molesta más de lo habitual.

—¿Vas a irte de viaje o a quedarte en casa?

—Me voy a quedar. Estaba pensando en irme a Buenos Aires, pero no tengo tiempo. Hemos metido con calzador la boda de Lily el sábado antes de Navidad, así que tendré que dedicarme a ella y no podré hacer el papeleo de final de año hasta que se haya celebrado.

—No pensarás seguir trabajando después de que cerremos, ¿verdad? –le preguntó Gretchen con los brazos en jarras–. No hace falta que celebres nada, pero tienes que tomarte unos días libres. A veces trabajas siete días a la semana.

Natalie no hizo caso de las palabras de su amiga.

–No me quedo trabajando hasta tarde, como hacéis Amelia y tú. Nunca estoy aquí a medianoche.

–Da igual. Sigues echando muchas horas. Tienes que desconectar de todo esto. Vete a una isla tropical y ten una aventura con un atractivo desconocido.

Natalie soltó un bufido.

–Lo siento, pero un hombre no es la respuesta a mis problemas; en realidad, los agrava.

–No te estoy diciendo que te enamores y te cases con ese tipo, sino que te encierres con él en la habitación del hotel hasta que estalle el último fuego artificial de Año Nuevo. ¿Qué daño te va a hacer un par de noches de sexo?

Natalie la miró con el ceño fruncido de dolor.

–Puede hacerte mucho daño cuando el hombre al que te entregas es el mejor amigo de tu hermano y te rechaza.

No te pierdas, *Fantasías eróticas,*
de Andrea Laurence,
el próximo libro de la serie
Novias de ensueño
Aquí tienes un adelanto...

Muchas cosas habían cambiado en los catorce años anteriores.

Catorce años antes, Natalie y Lily, su mejor amiga, eran inseparables, y Colin, el hermano mayor de esta, era la sabrosa delicia que Natalie ansiaba degustar desde los quince años.

Ahora, Lily estaba a punto de casarse y la fiesta de compromiso se celebraba en la extensa propiedad de su hermano.

Colin había prosperado mucho desde la última vez que Natalie lo había visto. Locamente enamorada, ante sus ojos se convirtió en universitario, y cuando los padres de Lily y de él murieron de repente, en el tutor responsable de su hermana pequeña y en el director de la empresa de su padre. Entonces era más inalcanzable que nunca.

Lily y Natalie no se habían visto mucho en los últimos años. Natalie había ido a la universidad en Tennessee en tanto que Lily había perdido el rumbo. Habían intercambiado correos electrónicos y «me gusta» en Facebook, pero llevaban mucho tiempo sin hablar. Natalie se había sorprendido cuando Lily la llamó a Desde este Momento, la empresa de bodas de la que era copropietaria.

Lily quería una boda rápida, a poder ser, antes de Navidad. Por entonces estaban a principios de noviembre y la empresa tenía reservados los catorce meses siguientes para bodas. Pero cerraban en Navidad y, como se trataba de una amiga, Natalie y las tres socias con las que dirigía la capilla acordaron en introducir otra boda antes de las vacaciones.

La invitación de Natalie a la fiesta de compromiso llegó al día siguiente, y allí estaba, con un vestido de fiesta, dando vueltas por la enorme casa de Colin, repleta de invitados que no conocía.

Eso no era del todo cierto. Conocía a la novia. Y cuando su mirada se cruzó con los ojos de color avellana con los que había soñado siendo adolescente, recordó que también conocía a otra persona.

–¿Natalie? –dijo Colin al tiempo que, al haberla visto, atravesaba la sala llena de gente.

Ella tardó unos segundos en hallar las palabras para responderle. Aquel no era el chico al que recordaba de su adolescencia. Se había convertido en un hombre de anchas espaldas que llenaban su cara chaqueta, piel bronceada, ojos en que se le formaban pequeñas arrugas al sonreír y una barba incipiente que le hubiera gustado tener a cualquier adolescente.

–Eres tú –dijo él sonriendo antes de disponerse a abrazarla.

Natalie se preparó para el abrazo. No todo había cambiado. A Colin siempre le había gustado dar abrazos. A ella, cuando era una adolescente enamorada, le encantaban esos abrazos, pero también los detestaba. Un escalofrío le recorría la espalda por estar tan cerca de él y experimentaba un cosquilleo en la piel al rozar la suya.

Deseo

CRISTO

Enredos de amor

BRONWYN JAMESON

Su nuevo cliente era endiabladamente guapo, con un encanto devastador… y escondía algo. ¿Por qué si no iba a interesarse un hombre tan rico y poderoso como Cristo Verón por los servicios domésticos de Isabelle Browne? Sus sospechas se confirmaron cuando descubrió su verdadera razón para contratarla. Y, sin saber bien cómo, aceptó su ridícula proposición. Cristo protegería a su familia a cualquier coste, y mantener a Isabelle cerca de él era esencial para su plan. El primer paso era  que ella representara el papel de su amante, pero no había contado con que acabaría deseando convertir la simulación en realidad.

De sirvienta a querida

Acepte 2 de nuestras mejores novelas de amor GRATIS

¡Y reciba un regalo sorpresa!

Oferta especial de tiempo limitado

Rellene el cupón y envíelo a
Harlequin Reader Service®
3010 Walden Ave.
P.O. Box 1867
Buffalo, N.Y. 14240-1867

¡Si! Por favor, envíenme 2 novelas de amor de Harlequin (1 Bianca® y 1 Deseo®) gratis, más el regalo sorpresa. Luego remítanme 4 novelas nuevas todos los meses, las cuales recibiré mucho antes de que aparezcan en librerías, y factúrenme al bajo precio de $3,24 cada una, más $0,25 por envío e impuesto de ventas, si corresponde*. Este es el precio total, y es un ahorro de casi el 20% sobre el precio de portada. !Una oferta excelente! Entiendo que el hecho de aceptar estos libros y el regalo no me obliga en forma alguna a la compra de libros adicionales. Y también que puedo devolver cualquier envío y cancelar en cualquier momento. Aún si decido no comprar ningún otro libro de Harlequin, los 2 libros gratis y el regalo sorpresa son míos para siempre.

416 LBN DU7N

Nombre y apellido	(Por favor, letra de molde)

Dirección	Apartamento No.

Ciudad	Estado	Zona postal

Esta oferta se limita a un pedido por hogar y no está disponible para los subscriptores actuales de Deseo® y Bianca®.
*Los términos y precios quedan sujetos a cambios sin aviso previo.
Impuestos de ventas aplican en N.Y.

SPN-03

Bianca

Utilizaría el deseo que no habían saciado durante cinco largos años para que ella volviese a su lado

El cuento de hadas terminó para Petras cuando el reloj dio las doce el día de Año Nuevo y la reina Tabitha, que se negaba a seguir soportando un matrimonio sin amor, pidió el divorcio a su marido. Pero la furia se tornó en pasión y cuando Tabitha se marchó del palacio estaba esperando un heredero al trono.

Al descubrir el secreto, Kairos decidió secuestrar a su esposa. Con el paradisiaco telón de fondo de una isla privada, le demostraría que no podía escapar de él…

PROMESA DE DESEO
MAISEY YATES

Rendidos a la pasión

Karen Booth

Anna Langford estaba preparada para convertirse en directora
de la empresa familiar, pero su
hermano no quería cederle el
control. Cuando ella vio que tenía la oportunidad de realizar
un importante acuerdo comercial, decidió ir a por todas, aunque aquello significara trabajar
con Jacob Lin, el antiguo mejor
amigo de su hermano y el hombre al que jamás había podido
olvidar.

Jacob Lin era un implacable
empresario. Y Anna le dio la
oportunidad perfecta de ven-
garse de su hermano. Sin embargo, un embarazo no
programado les enfrentó al mayor desafío que habían
conocido hasta entonces.

Lo que empezó como un simple negocio,
se convirtió en un apasionado romance